SSYL & DFG

Mein finnisches Lieblingswort

SSYL & DFG

Mein finnisches Lieblingswort

HEINER LABONDE VERLAG

ISBN 978-3-910604-00-1
Coverfoto: Nina Dannert
Vignetten: Jessika Kuehn-Velten
Gestaltung: Antje Zerressen
Printed in Germany

Ein gemeinsames Projekt vom
Verband der Finnisch-Deutschen Vereine/
Suomi-Saksa Yhdistysten Liitto ry. (SSYL)
und der Deutsch-Finnischen Gesellschaft e. V. (DFG).

Herausgegeben von:
Dieter Hermann Schmitz (SSYL),
Luise Liefländer-Leskinen (SSYL),
Mari Koskela (DFG),
Paula Schuth (SSYL) und
Siegfried Breiter (DFG)

Mit Fotos von Nina Dannert.

Das Projekt ist inspiriert durch den Roman »Finnisch verheiratet.
Oder: Auf der Suche nach dem finnischsten aller Worte« von
Dieter Hermann Schmitz, erschienen im Heiner Labonde Verlag.

Grußwort
der Vorsitzenden des Verbandes der Finnisch-Deutschen Vereine (SSYL)

Im März 2021 schrieb ich für unser Magazin »Silta-Brücke« eine Buchrezension zum Roman »Finnisch verheiratet. Oder: Auf der Suche nach dem finnischsten aller Worte« von Dieter Hermann Schmitz. Das Buch, das 2020 erschienen war, hatte mir bei der Lektüre bestens gefallen. Wochen später telefonierte ich mit dem Autor, um Belange der Kulturarbeit zu besprechen, denn Dieter ist zugleich der Vorsitzende des Finnisch-Deutschen Vereins von Tampere. In diesem Zusammenhang kamen wir schließlich auch auf die Rezension zu sprechen und neugierig musste ich nachfragen, wie denn das Wortsuche-Projekt verlaufen sei, das im Roman eine wichtige Rolle spielt. Das Projekt sei fiktiv, gestand Dieter; in seiner Geschichte verwende er zwar viele Erlebnisse und Begebenheiten aus seinem Lebensumfeld, der Ich-Erzähler des Romans habe viele Gemeinsamkeiten mit seiner Person, aber die Suche nach dem finnischsten aller Worte sei in dieser Form frei erfunden. Noch während des Telefonats kam uns die Idee, aus der Fiktion ein Faktum werden zu lassen und ein solches Projekt im Verband tatsächlich durchzuführen.

Neben Dieter und mir selbst nahm Paula Schuth, die Geschäftsführerin des Verbandes, per Videoschalte an einem ersten Brainstorming teil, bei der die Idee geboren wurde, das Projekt mit einer Buchveröffentlichung abzuschließen, um einen runden Geburtstag unseres Verbands gebührend zu begehen: Die Gründung des SSYL jährt sich im Jahr 2023 zum stolzen 40. Mal. Außerdem benannten wir das Projekt »Mein finnisches Lieblingswort« und verzichteten gänzlich auf einen Wettbewerbscharakter mit der möglichen Kürung eines Gewinnerwortes, wie es im Roman beschrieben wurde. Gleich zu Beginn waren wir uns darüber einig, dieses Projekt in Zusammenarbeit mit unserer deutschen Schwesterorganisation, der Deutsch-Finnischen Gesellschaft, durchführen zu wollen. Bei der DFG stießen wir sofort auf offene Ohren und viel Interesse. Bei unserem nächsten Online-Treffen, im Dezember 2021, fand die erste gemeinsame Besprechung statt, bei der auch die DFG-Vorsitzende Mari Koskela, Rundschau-Chefredakteur Siegfried Breiter sowie andere hochrangige DFG-Mitglieder mit dabei waren.

Im Frühjahr 2022 wurde über verschiedene Kanäle im Internet und in den Zeitschriften der beiden Verbände SSYL und DFG erstmals Werbung für »Mein finnisches Lieblingswort« gemacht und dazu ermuntert, sich mit Einsendungen zu beteiligen. Viele Partnerorganisationen teilten diese Info in Newslettern und auf ihren Sozialen Medien, allen voran das Finnland-Institut in Berlin. Auch das Finnland-Magazin der Schweizerischen Vereinigung der Freunde Finnlands berichtete mehrfach.

Im Frühsommer 2022 bestand drei Monate lang über die SSYL-Internetseite die Möglichkeit, Vorschläge zu Lieblingswörtern einzureichen. Möglich waren überdies Zuschriften per E-Mail oder auf dem traditionellen Postweg. Im Herbst 2022 begann unsere fünfköpfige Jury schließlich damit, die Einsendungen zu sichten, zu redigieren und für den vorliegenden Band zusammenzustellen. Beim Lesen konnten wir oft ein Schmunzeln nicht unterdrücken, so amüsant und vielseitig waren manche Vorschläge und ihre Begründungen. Assoziationen, Kulturberührungen, deutsch-finnische Erinnerungen und Kontakte, manchmal gar der Beginn eines neuen Lebensabschnitts ... das alles spiegelt sich in den Lieblingswörtern. Sie geben vielleicht sogar Anlass zu etymologischen Studien, denn bekanntlich enthält das Finnische ja etliche

germanische Lehnwörter. Schon lange vor dem Dreißigjährigen Krieg gab es also viele – im weitesten Sinne – finnisch-deutsche Begegnungen.
Für die Buchpublikation konnten wir Heiner Labonde gewinnen, dessen Verlag unter deutschen Finnland-Freunden eine feste Größe ist. Die wunderschönen Bilder stellte uns dankenswerterweise Foto-Künstlerin Nina Dannert zur Verfügung, die – selbst Kind einer deutsch-finnischen Ehe – mit Familie in Sastamala lebt und arbeitet. Die Auswahl fiel uns nicht leicht, denn ihr Fundus an eindrücklichen Finnland-Fotos ist gewaltig.
Für unseren Verband, der nunmehr ein stattliches Alter erreicht hat, hoffen wir auf viele weitere erfolgreiche Jahre der finnisch-deutschen Kultur- und Vereinsarbeit. Glückwünsche auch an die DFG, die unlängst ebenfalls ein Jubiläum feiern durfte (siehe zweites Grußwort).
Allen am Projekt Beteiligten, allen Unterstützern und natürlich den vielen, die einen Beitrag eingesandt haben, sagen wir herzlichen Dank. Und allen, die dieses Buch zur Hand nehmen, wünschen wir viel Spaß, Entspannung und heitere Momente beim Schmökern!

Luise Liefländer-Leskinen
Vorsitzende des Verbandes der Finnisch-Deutschen Vereine (Suomi-Saksa Yhdistysten Liitto SSYL ry.)

Grußwort der DFG

»Alle Worte sind Haken, um Gedanken dran zu hängen« – auf Finnisch: »Kaikki sanat ovat koukkuja ajatusten ripustamista varten« – hat Henry Ward Beecher, ein US-amerikanischer Prediger und Autor (1813-1887) einmal gesagt.

Dieses Buch ist ein Beweis dafür, wie treffend das ist. Denn, wie viele der eingereichten Beiträge zeigen, hat ein Wort nicht nur seine wörtliche Bedeutung, sondern jeder Mensch gibt ihm mit seinen Gedanken weitere, unterschiedliche Facetten dazu. So ergeben sich für ein und dasselbe Wort verschiedene Bedeutungskompositionen, wie unterschiedliche Farbpaletten, je nachdem, wie das Wort einen berührt, erfreut, begeistert und mit welchen Situationen man es verbindet.

Es hat uns sehr gefreut, dass sich so viele Mitglieder von DFG (Deutschland), SSYL (Finnland) und SVFF (Schweiz) an der Aktion »Mein finnisches Lieblingswort« beteiligt haben. Die Einsendungen decken eine bunte Palette ab. Manche Wörter werden Sie kennen, andere vielleicht hier kennenlernen. Und Sie haben hoffentlich genauso viel Vergnügen bei der Lektüre der Begründungen wie wir.

Anlass dieser Veröffentlichung ist das Jubiläum 40 Jahre SSYL: Der Verband der Finnisch-Deutschen Vereine (Suomi-Saksa Yhdistysten liitto) wurde 1983 gegründet, damals schlossen sich viele Ortsvereine in Finnland zu einem Dachverband zusammen. Zugleich hat auch die DFG (mit leichter Verspätung) Grund zum Feiern, denn 2022 jährte sich die Gründung unseres Verbandes in Deutschland bereits zum 70. Male.
Dass nun dieser Band in gedruckter Form vorliegt, erfüllt uns mit Freude und Stolz, ist es doch auch ein Zeichen der gelungenen Zusammenarbeit. Herzlichen Glückwunsch an den SSYL zum großen Jubiläum und auf viele weitere erfolgreiche Jahre!

Mari Koskela

Bundesvorsitzende der Deutsch-Finnischen Gesellschaft e. V. (DFG)

Siegfried Breiter

Chefredakteur Deutsch-Finnische Rundschau

Ahonlaita (etwa: Feldrand)

Am *ahonlaita* (am Rande des Feldes) ist es schön zu spazieren. Ein Graben oder ein schmaler Pfad mögen nebenher verlaufen. Am Wegesrand wachsen vielleicht Gänseblümchen, Narzissen, verschiedene Gräser und andere Wildblumen, und verschiedene Schmetterlingsarten sind zu sehen. Auf der Wiese wachsen auch Geißblatt und Erdbeere. Am Feldrand entlang lässt sich zum nächsten Strand spazieren und dabei das Lied von *Juha Vainio ›Käyn ahonlaitaa mä ilman paitaa‹* summen, das einen völlig in ländliche und sommerliche Atmosphäre versetzt.

Marjaliisa Hentilä
Kauniainen, Finnland

Äiti (Mutter)

Ohne sie wäre keiner von uns da. Egal ob ich selbst eine Mutter bin oder mal werde, ob die Mutter noch lebt oder für mich da ist; ohne sie gäbe es mich und dich überhaupt nicht.

Maiju Kitola

Ransbach-Baumbach / Rheinland-Pfalz, Deutschland

Äiti (Mutter)

Mutter, Mama, Mutti klingt auch sehr schön, auf Finnisch ist das ä sooo reizend.
Äiti war das erste Wort von meinem Sohn.

Eila Valtanen
Kuhmo, Finnland

Alavilla mailla hallan vaara
(Nachtfrostgefahr in Niederungen)

Ein Klassiker der Wettervorhersage! Diese Phrase klingt sehr schön, fast poetisch, ist jedoch eine ernste Warnung für diejenigen, die in der Landwirtschaft oder im eigenen Garten oder beim Sommerhaus arbeiten. Beim Frost also lieber die schon eingepflanzten Gemüse und Blumen abdecken und nochmal gießen. Man weiß, dass schon Sommeranfang ist, aber der Hochsommer lässt noch auf sich warten.
Die Frostgefahr gilt nicht überall, sondern nur an niedrigen offenen Stellen *(alavilla mailla)*.

Leena Salminen
Riihimäki, Finnland

Anna mennä, lennä!
(Lass gehen, lass fliegen ...
Aus einem Lied von Mikko Harju)

Schöner Reim. Einer, der Mut zum Träumen macht. – Ich habe diesen Reim auch schon vor dem Song öfters gehört und verwendet, um jemandem Mut zu machen. Ich finde es toll, wenn man Mut hat, seinen Träumen nachzugehen. Ich hatte jahrelang den Traum, am See zu wohnen und selbständig von zu Hause aus zu arbeiten. Letztes Jahr wurde mein Traum wahr, mit einem Umzug aufs Land. Und jetzt wohnen wir in einem schönen Haus an einem wunderschönen See.

Eija Annala-Schmitz
Sastamala, Finnland

Äyriäisiä (Krebstiere, Meeresfrüchte)

Äyriäisiä würde ohne Umlaute geschrieben so aussehen: Aeueriaeisiae = ein Wort mit elf Vokalen und nur zwei Konsonanten. Das finde ich einmalig!

Eberhard Salzwedel
Berlin, Deutschland

Aja hiljaa sillalla (Fahr langsam auf der Brücke)

Als ich ein Kind war, hatten wir ein finnisches *Au pair*-Mädchen. Sie hat mir diesen Satz eines Tages als ihren Lieblingssatz genannt – er klinge so schön. Das finde ich auch. Der Klang streichelt geradezu das Ohr. Darüber hinaus empfinde ich die Bedeutung als durchaus philosophisch und handlungsleitend auch für das eigene Leben. Eine Brücke stellt eine Verbindung, einen Übergang dar. Übergänge aller Art langsam und achtsam zu gestalten, ergibt Sinn.

Ursula Reukauf
Hannover / Niedersachsen, Deutschland

Armo (Gnade)

Gnade ist für mich die Grundlage für das Leben. Nichts ist selbstverständlich; schließlich ist alles Gottes Gnade. In der estnischen Sprache, die der finnischen Sprache nahe verwandt ist, heißt »Ich liebe dich« ja »Mina armastan sind«. Ich verstehe es so, dass Gottes *armahtava rakkaus* (barmherzige Liebe) die Grundlage, die Quelle, auch für die menschliche Liebe ist. Wenn jemand mich verletzt hat, brauche ich Gottes Gnade, Seine Liebe, um vergeben zu können – und natürlich umgekehrt, wenn ich einen anderen Menschen verletzt habe, brauche ich dringend Gnade, Vergebung. Ohne Gottes Gnade ist es nicht möglich, voranzukommen.

Annukka Laine
Ylöjärvi, Finnland

Aseleponeuvottelutoimikunta (Waffenstillstandsverhandlungsausschuss)

Ich habe das Wort im Internet gefunden und fand es witzig, da sehr lang und unmöglich zu merken.

Peter Hüttemann
Edewecht / Niedersachsen, Deutschland

Aurinko (Sonne)

Der Ursprung des Wortes *aurinko* ist ein Rätsel. Es hat keine Entsprechungen in benachbarten oder verwandten Sprachen. Es könnte ein Wort sein, das von den alten Finnen nur für die Zwecke der finnischen Sprache geschaffen wurde. Als Dichter finde ich es ein sehr schönes Wort. Darüber hinaus ist es Teil der nationalen Identität Finnlands, des Landes der Mitternachtssonne.

Osmo Pekonen
Jyväskylä, Finnland

Aurinko (Sonne)

Die Melodie des Wortes spiegelt den Tageslauf der Sonne. Ob Sommer, ob Winter – Aufgang, mittäglicher Zenit und abendlicher Untergang eingefangen in einem Wort.

Erwin Fischer
Oulu, Finnland

Aurinko (Sonne)

Der Klang ist wunderbar weich und geheimnisvoll. Er spiegelt den Zauber wider, den Menschen heute noch, aber mehr noch in früheren Jahrhunderten, empfunden haben müssen, wenn die Sonne als Lebensspenderin erscheint und als Garantin für die Wiederkehr der warmen Jahreszeit: eine der wenigen sicheren, positiven Konstanten im menschlichen Leben.
Dazu passt die Unklarheit über die Etymologie, also sprachgeschichtliche Vergangenheit. Dass diese immer noch nicht sicher ist, ist einerseits wissenschaftlich betrachtet bedauerlich, andererseits eine kleine, feine Motivation, immer noch weiter nach den Zusammenhängen des Lebens zu suchen. Und wenn man physikalisch die Sonne auch erklären kann, bleibt ihre emotionale, in vorchristlichen Kulturen auch hohe religiöse Bedeutung für den Menschen bestehen. Insofern ist es ein lustiger Zufall, dass man ausgerechnet die Herkunft dieses Wortes (noch) nicht kennt. Das verursacht bei mir ein stilles Lachen in unserer durchorganisierten, scheinbar gläsernen Welt.

Gudrun Söffker
Rathenow im Havelland / Brandenburg, Deutschland

Ei talvikunnossapitoa (Kein Winterdienst)

Ei talvikunnossapitoa steht auf Schildern an Wegen, die im Winter nicht geräumt und gestreut werden. Es ist eins von meinen finnischen Lieblingsworten. Gelernt habe ich es von meiner finnischen Austauschkollegin Ritva. Als wir auf der deutschen Seite des Austauschs den Weg zu einer Burg im Neckartal hochstiegen, stand dort das Schild *Kein Winterdienst*. Die Kollegin bat um eine Erklärung und sagte mir dann, wie das auf Finnisch heißt. Meine finnischen Sprachkünste waren in den Anfängen. Ich verstand zwar *talvi*, hatte aber große Mühe, mir das gesamte Wort zu merken, obwohl es so wunderbar rhythmisch ist mit einem Trochäus und zwei Anapästen in einem Wort. Besser konnte ich es mir merken, als mir auf der finnischen Seite des Austauschs das Wort auf Schildern in Kuopio immer wieder begegnet ist.

Margaret Totten
Schönau / Baden-Württemberg, Deutschland

Elämäntaparemontti (Renovierung oder Entrümpelung der Lebensgewohnheiten)

Das Wort kommt so wunderbar leicht daher wie ein von einem Trupp Profis durchgeführter General-Frühjahrsputz, den man bei einem Aperol im Straßencafé um die Ecke überbrückend abwartet. Überfüllte Schränke, Frustfutteranfälle, zu viele leere Weinflaschen und Aspirin, ungenutzte Faszien-, dafür leibhafte Körpermitterollen in allen Größen, nicht mehr passende Klamotten ... maximal gezuckerte Macarons statt frischem Salat im Kühlschrank.
All das soll optisch, ethisch-moralisch, gesundheitlich und ästhetisch optimiert mittels einer Generalsanierung ab sofort der Vergangenheit angehören.
Heißt: All die bisher unbeherrschbaren Baustellen des eigenen Lebens lassen sich mit diesem Slogan scheinbar makellos und wie mit einem Update »renovieren«.
1 x Generalrenovierung und schon findet man sich in einem neuen Leben wieder. Darum: Mein absolutes Lieblingswort.

Alexandra Wochinger
Murnau / Bayern, Deutschland

Hääyöaie (Hääyö = Hochzeitsnacht, aie = Absicht)

Ich habe es irgendwann mal zufällig gehört und es blieb mir im Gedächtnis, weil es eben sieben Vokale hintereinander enthält. Soviel ich weiß, ist das einmalig in der Welt. Und ich finde, dass dieses Wort sehr nett, indirekt aber doch für jeden verständlich ausdrückt, was man »normalerweise« in der Hochzeitsnacht so tun möchte.

Hans-Joachim Schulze
Lahti, Finnland

Haluatko tanssia, nätti tyttö?
(Möchtest du tanzen, hübsches Mädchen?)

Das war der erste finnische Satz, den ich vor über dreißig Jahren meinem Mann beigebracht habe. Beim *lavatanssi* (Schwof auf einem Tanzparkett in der Natur)!

Irina Meinel
Heidenheim an der Brenz / Baden-Württemberg, Deutschland

Hän (er, sie, es)

Ein Wort, das vieles einfacher macht. Man muss nicht zwischen m/w/d unterscheiden. Auch Personen, die sich nicht als weiblich oder männlich bezeichnen, fühlen sich angesprochen. Aufwendiges Gendern ist dann überflüssig. Die Kommunikation zwischen den Menschen wird erleichtert. Einfach ein Superwort, so kurz und treffend! Vielleicht kann man etwas Vergleichbares in die deutsche Sprache aufnehmen.

Hubert Kleine
Gröbenzell / Bayern, Deutschland

Hämähäkki (Spinne)

Es klingt lustig und schön und sieht so richtig finnisch aus. Es gibt auch ein Kinderlied mit diesem Titel; dieses Lied ist einfach zu niedlich. (Auf YouTube zu finden unter dem Suchbegriff *Hämä-hämähäkki.*)
Wir haben es im Finnisch-Kurs gesungen und mir hat dieses Wort *hämähäkki* spontan richtig gut gefallen.

Loretta Helinski,
Berlin, Deutschland

Helmi (Perle)

Es ist einfach nur ein so schönes Wort, eine schöne Sache und ein schöner Name.

Piia Sattler
Pori, Finnland

Hepokatti (Heuschrecke)

Weil es lustig klingt.

Maija Falk
Helsinki, Finnland

Herranjestas (etwa: Mein Gott!)

Ein Ausruf, der Erstaunen und Bestürzung ausdrückt. *Herranjestas* war das Lieblingswort meiner Oma.

Kristiina Jansson
Leverkusen / Nordrhein-Westfalen, Deutschland

Hiljaisuus (Ruhe, Stille)

Hiljaisuus klingt schon so schön still und weich. Ich war 1996/1997 als Praktikantin im Feriendorf *Lentiiran Lomakylä* in Kuhmo, in der Region Kainuu. Ich werde nie vergessen, wie ich damals im Winter bei unter -20°C ganz alleine im Dunklen mitten auf dem zugefrorenen See stand, über mir nur der Sternenhimmel und kein anderes Geräusch um mich herum als das Knacken und Knirschen des Eises unter mir. Das war unheimlich, aufregend und beeindruckend zugleich. Ein ganz besonderer Moment, für den ich bis heute dankbar bin. Als ich noch zur Schule gegangen bin, durfte ich immer wieder in meinen Zeugnissen lesen, dass ich so still im Schulunterricht sei. Als ich dann in Kuhmo lebte, haben sie über mich freundlich gelacht, weil ich immer so lebhaft erzählt habe. Vielleicht hätte ich in Finnland zur Schule gehen sollen.

Kerstin Firyn
Ingelheim am Rhein / Rheinland-Pfalz, Deutschland

Hiljaisuus (Ruhe, Stille)

Für mich typisch finnisch. In einem Land, überzogen von Wäldern und Seen und stereotypisch eher wortkargeren Menschen, passend. In einer Welt ohne Stillstand genießt man die Ruhe. Genau, wie man Finnland einfach nur genießen kann. Außerdem mag ich die Phonetik des Wortes.

Tobias van Bergerem
Goch / Nordrhein-Westfalen, Deutschland

Höyhen & untuva (Feder & Daunen)

Die Wörter *höyhen* und *untuva* gehören zu meinen Kindheitserinnerungen. Wir hatten einen kleinen Hühnerhof und es waren überall Federn und Daunen. Im Bett auch echte Federkissen. Für mich bedeuten die beiden Wörter Leichtigkeit und Weichheit. Im Finnischen haben wir einen schönen Ausdruck *mennä höyhensaarille* (= auf die Federinseln gehen), der ›einschlafen‹ bedeutet, aber auch ›schöne Träume‹ oder ›Vorstellungen haben‹. Die Lautform des Wortes *höyhen* ist eigentlich typisch Finnisch mit *öy*.
Das Wort *untuva* ist noch leichter und weicher als *höyhen*. *Untuvikko* ist das Küken, kann aber auch ein junger, unerfahrener Mensch sein.

Anne Saarinen
Tampere, Finnland

Hölökynkölökyn (Prösterchen)

Mit diesem lustigen Wort prostet man sich zu. Und danach wird es dann auch irgendwann ›lustig‹. Es begegnete mir 1970, als ein finnisches *Au pair*-Mädchen bei uns in der Gastro anfing. Ist eigentlich das Pendant zu *kippis* (Prost).
Wir fahren seit ca. 30 Jahren nach Finnland, haben dort finnische Freunde, und in lustiger Runde heißt es eben *hölökynkölökyn*.

Renate und Klaus Stop
Timmendorfer Strand / Schleswig-Holstein, Deutschland

Hölökynkölökyn (Prösterchen)

An einem kleinen See in Iisalmi ...

Timo Homberger
Stuttgart / Baden-Württemberg, Deutschland

Höpö Höpö (Blödsinn, Quatsch)

Es klingt wegen der Ös so schön und mit der richtigen Betonung passt es in vielen Situationen.

Marion Arand
Inari, Finnland

Höpö Höpö (Blödsinn, Quatsch)

Als ich begonnen habe, Finnisch zu lernen, war dies eines der ersten Wörter, die in meinen Unterlagen aufgetaucht sind. Ich war direkt von dem Wort *höpö höpö* so begeistert, dass ich meinen finnischen Freunden davon erzählt habe.
Auch jetzt noch – obwohl ich schon lange nicht mehr in Finnland lebe und nur noch wenig Finnisch spreche – bleibt es mir für immer im Gedächtnis.
Es ist einfach ein lustiges und fröhliches Wort.

Catrin Eller
Hannover / Niedersachsen, Deutschland

Höpönassu (etwa: Quasselkopf, Scherzkeks)

Die finnische Sprache ist voll von lustigen und auch gefühlvollen Ausdrücken. Einer davon ist *höpönassu,* wortwörtlich übersetzt ist *höpö* etwa blabla und *nassu* ist ein Ferkel.
Höpönassu wird aber immer in liebevollen Zusammenhängen verwendet bei Babys, Kleinkindern – und zwischen Liebenden.

Ritva-Hillevi Rissanen (Jantsch)
Nürnberg / Bayern, Deutschland

Höylä (Hobel)

Es ist sogar für mich selbst überraschend, dass ich dieses Wort schön finde. Geschrieben sieht die Lautform vielleicht nicht so toll aus mit den vorderen Vokalen. Aber wenn man das Wort ausspricht, wirkt es weich, freundlich und ausdrucksvoll. Viel schöner als z.B. das Wort *rakas* (lieb).

Aira Lampila
Helsinki, Finnland

Höyryjyrä (Dampfwalze)

Relativ schwierig für Ausländer, es korrekt auszusprechen. Wenn es dann doch gelingt, dann lächelt der Sprecher zufrieden.

Tobias Hidalgo Stitz
Tampere, Finnland

Houkutteleva (verführerisch, verlockend)

Mein finnisches Lieblingswort: *houkutteleva*. Ich habe vor über dreißig Jahren, während meines Schulbesuchs in der *Kotiteollisuuskoulu* (alte Heimwerkerschule) Finnisch gelernt. Jeden Tag kam ein neues Wort dazu, mindestens. Und da mein Finnland für mich so verführerisch ist und bleibt, gehört *houkutteleva* zu meinen Lieblingswörtern.

Nora Hahn
Straubenhardt / Baden-Württemberg, Deutschland

Hyppytyynytyydytys
(Zufriedenheit auf einem Hüpfkissen)

Bei meiner Vermieterin in Helsinki ging es hoch her: Ausgelassene Kinder machten Kissenschlacht und sprangen während unseres samstäglichen Brunchs auf dem weichen elterlichen Birkenholzbett wie auf einem Trampolin. Grundschüler ganz in ihrem wilden, temporeichen und weltvergessenden Spiel. So brachte mir meine Vermieterin, die finnische Ruhe und Gelassenheit in Person, dieses wunderbare Wort näher. Aussehen und Klang faszinieren mich bis heute. Und die Erinnerung an diese nordische Kinderidylle an einem finnischen Spätvormittag.

Carsten Wilms
Berlin, Deutschland

Hyvää yötä (Gute Nacht)

Das erste finnische Wort – eigentlich sind es ja zwei Wörter – die ich vor vielen Jahren von unserem finnischen Gastschüler lernte! Es dauerte schon mal drei Tage, bis ich endlich das finnische ›Gute Nacht‹ intus hatte. Die Hintereinanderstellung von drei verschiedenen Umlauten, kaum durch Konsonanten unterbrochen, ist zunächst für eine deutsche Zunge gewöhnungsbedürftig. Dennoch faszinierte mich diese Zusammenstellung von fast nur Vokalen. Das kurze Y mit dem darauffolgenden langen Ä und der fast zungenbrecherischen Kombination von Y und Ö und dann noch einem Ä. Als ich die beiden Worte aussprechen konnte ohne zu stolpern, fiel mir erst so richtig auf, welche Stimmung sie bei mir hervorriefen. Für mich war es etwas Beruhigendes, Dahinfließendes, das irgendwo endete, denn am Ende eines Satzes flüstern die Finnen ja geradezu. Es war also ein richtig passendes Wort, das den Tag ausklingen und einen in den Schlaf hinübergleiten lässt.

Ingeborg Keil
Germering / Bayern, Deutschland

Jääkiekon maailmanmestari (Eishockeyweltmeister)

Als ich meinen jetzigen Mann zum ersten Mal in seiner Wohnung besucht habe, hing an der Wand das Weltmeister-T-shirt von 1995 mit der Aufschrift *Jääkiekon maailmanmestari.*
Ich konnte damals noch kein Wort Finnisch und war schwer beeindruckt, dass eine Sprache so komplizierte Wörter haben kann.
Als ich dann später im Sprachkurs in Pori Finnisch gelernt habe, konnte ich mein Lieblingswort immer mal elegant einfließen lassen.

Nina Struwe
Cuxhaven / Niedersachsen, Deutschland

Jäätelö (Speiseeis)

Meine erste Reise nach Finnland war 1980 als 12-Jährige mit der Familie ins Saimaa-Seengebiet in ein *mökki* (Sommerhäuschen) direkt am See. Das Wetter war herrlich sommerlich und warm, ich half auf dem Bauernhof bei der Heuernte und abends lernte ich Melken mit der Hand. Freiheit und Natur pur! Die Sprache blieb mir fremd bis auf ein paar Worte, die wir zum Einkaufen brauchten. Die vielen Ä, Ö und Y faszinierten uns alle sehr! Und wen wundert's? Mein erstes finnisches Lieblingswort ist *jäätelö*. Dass das kurze deutsche Wort Eis, was ja gemeinhin Speiseeis bedeutet, im Finnischen so lang war – toll! Später habe ich mich intensiver mit Sprache, Wortschatz und Grammatik beschäftigt und war ganz fasziniert von der Technik, Endungen anzuhängen. Erleuchtung für mich war das Wort *suussassi* unseres Au pair-Mädchens: *Mitä on suussassi?* (Was ist in deinem Mund?)

Ulrike Franzki
Oestrich-Winkel / Hessen, Deutschland

Jäätelötötterö (Eishörnchen/-waffel)

Als ich das Wort im Finnischunterricht zum ersten Mal hörte, habe ich es sofort ins Herz geschlossen: Der niedliche Klang der hüpfenden Doppelkonsonanten, das herrlich unaussprechliche finnische Ä, die Assoziation mit Benjamin Blümchens Töröőö oder einer schmetternden Fanfare ... In diesem Wort steckt so viel, was ich an der finnischen Sprache liebe. *Rakastan suomen kieltä ja haluaisin jäätelötötterön, kiitos!*

Hannes Föst
Magdeburg / Sachsen-Anhalt, Deutschland

Jäätelötötterö (Eishörnchen/-waffel)

Im Finnischen begegnen einem immer wieder für in den großen Sprachräumen Mitteleuropas aufgewachsene Menschen völlig verrückt klingende Worte, die einem auch auf den zweiten Blick rein gar nichts sagen. Meistens sorgen die in indogermanischen, slawischen und romanischen Sprachen eher seltenen, im Finnischen aber häufigen Umlaute für heiteres Unverständnis. *Jäätelötötterö* ist so ein verrücktes, dem Bild des Finnischen wunderbar entsprechendes Wort. Kein Außenstehender würde dieser Buchstabenfolge einen Sinn zusprechen. Dabei könnte man eine kleine Eselsbrücke nutzen: Eiscremetröte. Schließlich ist die Waffel kegel- oder tütenförmig (*tötterö* = Kegel). Und das ist auch eine Tröte!
Da die Finnen, selbst im arktischen Lappland, große Liebhaber ihrer *jäätelötötterö* sind, ist die Bedeutung dieses skurril-sympathischen Wortes nicht zu unterschätzen.

Kasper von Wuthenau
Zarrentin / Mecklenburg-Vorpommern, Deutschland

Jäätelötötterö (Eishörnchen/-waffel)

Hat einen schönen Klang, schmeckt gut und dafür gibt es auf Deutsch nicht so ein geläufiges Wort.

Vanessa Täufer
Rovaniemi, Finnland

Jäätelötötterö (Eishörnchen/-waffel)

In allen finnischen Städten gibt es die Eisstände, die mir immer aufgefallen sind. Ich fand *jäätelötötterö* nicht nur klangvoll, sondern auch optisch ein außergewöhnlich schönes Wort.

Karin Bayha
Schleswig / Schleswig-Holstein, Deutschland

Jäätelötötterö (Eishörnchen/-waffel)

Das braucht eigentlich keine Erklärung, oder? Einfach mal aussprechen, und schon fühlt man sich besser.

Barbara Emde
Helsinki, Finnland

Kaamos (Polarnacht)

Während eines Auslandsaufenthalts in Oulu lernte ich das finnische Wort für die Polarnacht kennen, *kaamos*. Obwohl der Polartag im Sommer, die *yötön yö*, die nachtlose Nacht, eher gefeiert wird, wirkt auch die Zeit des *kaamos*, mit den langen Dämmerungen, auf ihre Art und Weise magisch auf die Landschaften im hohen Norden.

Kristina Vitek
Köln / Nordrhein-Westfalen, Deutschland

Käytännöllinen (praktisch)

Mein finnisches Lieblingswort ist *käytännöllinen*. Vor 50 Jahren zogen wir, mein Mann und ich mit Tochter (zwei Jahre) und Sohn (acht Monate), nach Mikkeli. Vieles war anders als in Deutschland, oft aber auch sehr praktisch: auf dem *mökki* (Sommerhäuschen) die *kauha* (Kelle) aus einem Saftkanister, der Besteckbehälter aus einer Milch*tölkki* (-tüte). Im Winter die Handschuhe mit Stutzen und Filzstiefelchen ohne Sohle für die Kinder im Schnee. So wurde das Wort, das sich im Mund so schön ›knautschen‹ lässt, für mich zum Lieblingswort.

Sabine Lüdtke
Landau / Rheinland-Pfalz, Deutschland

Kahvipaussi (Kaffeepause)

Kahvipausssi ist aus verschiedenen Gründen mein finnisches Lieblingswort. Zuerst weil ich, ebenso wie die Finnen, sehr gerne Kaffee trinke. Im Juni 2019 hatte ich im Botanischen Garten in Helsinki meine beste *kahvipaussi* mit dem leckersten finnischen Kaffee und einer Zimtschnecke. Außerdem finden es manche Deutsche lustig, dass es in der finnischen Sprache einige Lehnwörter gibt, an die ein -i angehängt wird. In der finnischen Sprache gibt es auch viele zusammengesetzte Wörter, die dann zum Teil richtig lang und auch lustig sind. *Kahvipaussi* ist ein sehr sympathisches Beispiel für beides. Es ist eindeutig ein finnisches Wort, das man als Deutscher sofort versteht und das sowohl in der finnischen als auch in der deutschen Kultur vorkommt und positiv besetzt ist.

Christine Steddin
Berlin, Deutschland

Kaiho (Sehnsucht, Wehmut, Heimweh, Fernweh, Melancholie ...)

Kaiho gehört zu den unübersetzbaren finnischen Worten. Es ist eine Art Sehnsucht, eine Portion Fern- und zugleich Heimweh und eine Prise Wehmut. Doch helfen alle Worte nicht, dieses Gefühl in seiner ganzen Tiefe zu beschreiben. *Kaiho* ist auch eine Spur Melancholie, ein bitter-süßer Schmerz, den man still erträgt, weil er einem die Gewissheit gibt, lebendig zu sein. Es ist Suche nach etwas Unstillbarem, Sehnsucht nach etwas, das sich nicht greifen lässt oder das sich entzieht, sobald man es zu fassen versucht.

In Berührung kam ich mit *kaiho* erstmals bewusst durch die Musik der finnischen Band *Tuure Kilpeläinen & Kaihon Karavaani.* Dabei trug ich es durch meine Herkunft schon immer in mir – nur hatte ich bis dahin kein Wort dafür.

Kaiho ist sentimental, nostalgisch und von Heimweh umweht. Wie eine Welle wohlbekannter Traurigkeit, die einen manchmal überkommt. In der man schwelgen, träumen und schweben kann, im wohligen Wissen, dass es kommt und geht – und vorübergeht.

Tarja Prüss
Bodolz / Bayern, Deutschland

Kaiho (Sehnsucht, Wehmut, Heimweh, Fernweh, Melancholie ...)

Kaiho ist ein altmodisches Wort, was sich nicht ganz eindeutig ins Deutsche übersetzen lässt. Es beschreibt eine Art traurige Sehnsucht, einen Weltschmerz, etwas zwischen Heim- und Fernweh. Ich bin durch das Album *Kaiho* der Band *Kauan* auf diesen Begriff gestoßen und er beschreibt ein Gefühl, das tief in mir verwurzelt ist und für das ich auf Deutsch nie einen Ausdruck gefunden habe. Die Musik der Band *Kauan* drückt dieses Gefühl ganz gut aus. Finnische Kunst, sei es Musik, Geschriebenes oder Gemaltes ist oft von dieser Melancholie geprägt, die mit *Kaiho* verbunden ist. Ich finde das wunderschön. *Kaiho* drückt etwas sehr Komplexes und Tiefgehendes sehr simpel und schlicht aus.

Marie-Elisabeth Hennings
Helsinki, Finnland

Kaima (Namensvetter)

Ich mag das Wort, weil es so einen lustigen Klang hat. Es erinnert mich sogar an den Kaiman. Ich finde es faszinierend, dass es für eine Namensgleichheit ein eigenes Wort gibt. Was für eine sprachliche Großzügigkeit, Dingen, die man simpel umschreiben könnte, ein eigenes unverwechselbares Wort zuzuordnen. Ich mag das.

Mikko Fritze
Berlin, Deutschland

Kalsarikännit (Unterhosenbesäufnis, üblicherweise allein zu Hause)

Kalsarikännit ist nicht nur ein Wort, sondern ein Konzept, das einen runterfährt und einem zu Gemüte führt, wie trivial das Leben doch sein kann. Sollten Sie definitiv auch einmal probieren!

Max Altmann
Hürth / Nordrhein-Westfalen, Deutschland

Kalsarikännit (Unterhosenbesäufnis)

Ich mag finnische Literatur mit dem trockenen Humor. Das Buch mit dem entsprechenden Titel hab ich natürlich auch mit Freude gelesen!

Gine Jasmer,
Berlin, Deutschland

Kalsarikännit (Unterhosenbesäufnis)

Ich finde es einfach witzig. Außerdem ist es ein gutes Beispiel dafür, wie oft im Finnischen in einem Wort ausgedrückt wird, wofür man im Deutschen einen Satz braucht.

Jutta Oels
Helsinki, Finnland

Kalsarikännit (Unterhosenbesäufnis)

Alkohol ist in Finnland so teuer, dass es oft besser ist, zu Hause Bier zu trinken.

José Socada
Tampere, Finnland

Kantele (Kantele, finnisches Instrument)

Den Namen für dieses Instrument kann man in allen Sprachen der Welt nur in sein finnisches Original übersetzen. Es ist das Instrument für finnisches Lebensgefühl, sein Klang ist einmalig. Ich kenne nichts, was mehr Wärme ausstrahlen, mehr Ruhe mit einfachen Tönen erzeugen kann. Allein das Wort zu hören, versetzt mich in eine erwartungsvolle Euphorie nach Musik. Kantele ist Finnland und Kantele kann man nur lieben. Kein Land der Welt – außer vielleicht Irland – versteht es so meisterhaft, Sympathie in der Ferne für sich zu erwecken mit einem einzigen Musikinstrument.

Otto Kittlinger
Kirchwald / Rheinland-Pfalz, Deutschland

Karhunpesäkivi (Bärenhöhlenstein oder -fels; Name eines großen Findlings in Finnisch-Lappland)

Urlaub in Inari, wirkliche Hitze, zu wenig T-Shirts eingepackt. Das gleiche Shirt, Jahre später, dort noch einmal gekauft. Ich liebe es! Abgebildet ein Bär, eine Höhle, ein kleiner Sami-Junge in Tracht. Manchmal trage ich es im Sommer auch im Büro. Dann lasse ich meine Kolleginnen und Kollegen dieses wunderbare Wort vorlesen und die Bedeutung erraten. Seeehr amüsant! Finnland ist für immer in meinem Herzen, vor allem Lappland.

Marion Spröte
Berlin, Deutschland

Kesä (Sommer)

Mein schönster Urlaub fand in Helsinki statt, im Sommer ... seitdem liebe ich finnische Sommer – und die Gewohnheit, sich in Finnland einen schönen Sommer zu wünschen!

Dorothea Wagner
Düsseldorf / Nordrhein-Westfalen, Deutschland

Kesäyönaurinko (Mittsommernachtssonne)

Die Aussprache finde ich melodisch, es hat keine Doppelkonsonanten, die ja eigentlich typisch für Finnisch sind, die aber die Sprache etwas hart klingen lassen. Dafür typische Vokalkombinationen. Und das Phänomen Mitternachtssonne ist einfach faszinierend und wunderschön.

Mari Koskela
Erlangen / Bayern, Deutschland

Kippis (Prost)

Meine finnische Omi traf meinen Kölschen Opi 1956 auf einem Kreuzfahrtschiff und sie verliebten sich ineinander. Die beiden bekamen vier Kinder und diese sorgten wiederum für sieben Enkelkinder – ich bin eines von ihnen. Ich kenne das Wort bereits seit Kindertagen, wenn die Erwachsenen an Heiligabend mit finnischem Wodka angestoßen haben, dazu eingelegten Fisch und gekochte Kartoffeln auf der Gabel. Heute darf ich selbst mit anstoßen und ich freue mich, dass wir diese finnische Tradition – mit den Großeltern in unseren Herzen – weiterführen.

Leena Schwabe-Brüne
Köln / Nordrhein-Westfalen, Deutschland

Kippis ja kulaus ja hutketta munille!
(Prost und schluck und büschel die Eier)

Finnischer Saunaspruch, den ich bei meinem ersten Saunabesuch kennenlernte, als wir uns zur Verbesserung der Blutzirkulation und zum Anregen des Schwitzens mit Birkenbüscheln am Körper – auch an empfindlichen Stellen – büschelten, also den Körper abschlugen; zwischenzeitlich oft angebracht zur Erheiterung der Sauna-Besucher.

Manfred Messerer
München / Bayern, Deutschland

Kesämökki (Sommerhäuschen)

Bei mir zuhause in Österbotten gab es so was nicht, aber seitdem ich in Birkaland (Region Pirkanmaa) wohne, seit 1970, gehört uns ein Sommerhaus am See, ein ganz einfaches. Strom ist die einzige Bequemlichkeit. Wasser fließt, wenn es jemand holt. *Kesä* bedeutet, dass man im Sommer dort wohnt. *Mökki* bedeutet für mich etwas Einfaches. Dort hört man keinen Lärm, nur die Vögel. Ich wandere oft im Wald und bewundere die Natur.

Torbjörn Nikus
Ylöjärvi, Finnland

Kiihtelys (alte finnische Bezeichnung
für 40 Eichhörnchenpelze)

Kiihtelys wurde früher als eine Art Währung ver*wen*det. Da muss man erst mal draufkommen!
Heute begegnet einem das Wort noch in der Ortsbezeichnung *Kiihtelysvaara*. Es gibt sogar einen eigenen Eintrag in der finnischen Wikipedia.

Martin Hodel
Kulho, Finnland

Kiikari (Fernglas)

Ich finde es einfach lustig.

Hans-Otto Bracker
Neumünster / Schleswig-Holstein, Deutschland

Kiitos (Danke)

Ein Wort mit viel Inhalt, Freundlichkeit, Dankbarkeit und Anerkennung. Damit kann man alle gewinnen und man selber profitiert auch.

Peter Heise
Goslar / Niedersachsen, Deutschland

Kiitos (Danke)

Eines meiner ersten finnischen Wörter, das ich bei meiner ersten Reise 1976 in Finnland lernte.

Robert Backhaus
(ohne Ortsangabe)

Kirjekaveri (Brieffreundin)

Meine Liebe zu Finnland begann in der 7. Klasse. Unsere Englischlehrerin organisierte Brieffreundschaften zu einer finnischen Schule, damit wir auf diesem Wege unser Englisch verbessern. Ich bekam Tiia zugelost – und niemals hätte ich gedacht, dass diese Brieffreundschaft so viel mehr werden würde. Wir schrieben uns, wann immer es ging, ergänzten die Kommunikation bald durch SMS, Internet und schließlich auch durch persönliche Treffen. Heute sehen wir uns so oft wie möglich, halten eine enge Freundschaft über viele Kilometer und sind inzwischen, spätestens seit meinem Auslandsaufenthalt, in dem wir u.a. auch eine gemeinsame WG hatten, so etwas wie Schwestern. Meine zweite Heimat ist Finnland, meine ›finnische Familie‹ lebt dort – und all das wegen einer Brieffreundschaft, die mein Leben so wunderbar beeinflusst hat.

Janine Schulze
Ennepetal / Nordrhein-Westfalen, Deutschland

Kirjoittaja (Schreiber, Schriftsteller)

Das Wort klingt in meinen Ohren schön und erinnert mich an jemanden, der auch Bücher schreibt. Um ihn in meinem Finnischunterricht beschreiben zu können, bin ich auf das Wort gestoßen.

Melanie Ziegler
Barntrup / Nordrhein-Westfalen, Deutschland

Kissa (Katze)

Ich finde es so süß, weil es mich unweigerlich an das Englische *kiss* erinnert – und das passt wiederum, weil ich Katzen liebe und sie den ganzen Tag küssen könnte: Ich bin hauptberuflich Katzentherapeutin.

Beatrice Gröfke
Hamburg, Deutschland

Koirankakkapussi (Hundekotbeutel)

Es steht auf unseren Hundekotbeuteln. Ich finde es irgendwie schön, weil es lustig klingt und selbst wenn man kein Finnisch kann, klingt es irgendwie vertraut.

Nina Schäfer
Karlsruhe / Baden-Württemberg, Deutschland

Konduktööri (Schaffner)

Auf einer Finnland-Rundreise ermutige ich als Reiseführerin im Juni 2022 meine Mitreisenden, wenngleich sie selbst noch nie zuvor in Finnland gewesen waren, sich am »Finnisches Lieblingswort«-Projekt zu beteiligen. So kamen im Laufe der Reise rund ein Dutzend Vorschläge zusammen, von *joulupukki* (Weihnachtsmann) bis *konduktööri* (Schaffner). Und zu Letzterem kam es durch folgende Begegnung: In Rovaniemi bestieg unsere Reisegruppe den Nachtzug nach Helsinki. Zunächst aber musste ich die Reisegruppe einchecken und traf auf Risto, den Schaffner: lustiges Gesicht, kleiner Pferdeschwanz, freundliches Wesen. Am nächsten Morgen durchstreifte ich den Zug auf der Suche nach einem Finnen, der doch bitte überprüfen möge, ob ich den Vierzeiler des Geburtstagsgedichtes *›Laulu onnesta‹* von *Eino Leino* richtig ausspreche. Selbiges wollte ich dem Geburtstagskind des Tages am Denkmal von *Eino Leino* im Esplanade-Park in Helsinki vortragen. Da begegnete mir, zu unser beider Freude, Risto, der *konduktööri*. Er lauschte meinem Vortrag und hob den Daumen als Zeichen dafür, dass ich alles richtig ausgesprochen habe. Durch ihn ermutigt, setzte ich meine Idee um.

Heike von Weber
Rostock / Mecklenburg-Vorpommern, Deutschland

Korvapuusti (Zimtschnecke)

Korvapuusti: sieht lecker aus!
Korvapuusti: riecht lecker!
Korvapuusti: schmeckt lecker!
Korvapuusti: hört sich schön an!
Korvapuusti: klingt so typisch finnisch!
Korvapuusti: jeder liebt sie!
Korvapuusti: ist für mich Finnland!
Korvapuusti: die größte Bitte für mich!

Hinrich Paschen
Kiel / Schleswig-Holstein, Deutschland

Krapula (Kater, dicker Kopf)

Das Wort hat meinen Zustand beschrieben, als ich nach einer Partynacht am nächsten Morgen meinen Kater spürte.

Raimo Natzke
Frankfurt am Main / Hessen, Deutschland

Kultamuru (Goldkrümel)

Es ist ein wunderschöner Kosename. Es drückt Liebe und Wärme aus und klingt so wunderbar behaglich. Meine finnische Großmutter hat mich so genannt, als ich noch ein Kind war.

Jochen Becker
Koblenz / Rheinland-Pfalz, Deutschland

Kuu (Mond)

Ich mag den weichen Klang des Wortes und seine Einfachheit!

Karin Koivisto
Kuopio, Finnland

Lämpimämpi (wärmer)

Ich habe es in letzter Zeit immer mal wieder in den Wetternachrichten gehört. Es wird wieder wärmer. Ich mag das Wort, weil es so schön reimend ist und nett klingt.

Michael Bauland
Dortmund / Nordrhein-Westfalen, Deutschland

Lämpimämpi (wärmer)

Das Wort *lämpimämpi* ist mir in Helsinki begegnet.
Ich empfinde die Stadt als mein Zuhause und fühle mich dort immer gelassen, gut aufgehoben und fröhlich, sogar im Winter. In Finnland leben sehr liebe Freunde, auch eine Art von Wärme.
Das Wort *lämpimämpi* selbst klingt für mich wohlig und irgendwie rund und weich, einfach wärmer als andere Worte.

Silke Rittgen
Bergisch Gladbach / Nordrhein-Westfalen, Deutschland

Lämpimämpi
(wärmer – die Steigerung von *lämmin*, warm)

Mein wärmstens empfohlenes Lieblingswort – ganz kurz und bündig von der finnischlehrenden, -lernenden, -singenden und -praktizierenden ...

Claudia Jochen
Mössingen / Baden-Württemberg, Deutschland

Lämpimämpi (wärmer)

Es gibt so viele Lieblingswörter in dieser wundervollen und leicht verrückten Sprache, aber dieses ist ein ganz besonderes Wort für mich. Es war eines der ersten und der sehr wenigen Worte, die uns – in der Sauna, mit Blick auf den See, nach einem *löyly* (auch so ein Wort, das mich wohlig einhüllt und sofortige Entspannung zur Folge hat) – von unseren sehr lieben finnischen Freunden Astrid und Helge erklärt wurden. Alle weiteren Fragen wurden beim Kaffee besprochen und ruckzuck waren wir der finnischen Sprache verfallen.

Cornelia Witte
Herford / Nordrhein-Westfalen, Deutschland

Lapsenlapsemme Vilho on ihana!

(Unser Enkelkind Vilho ist wunderbar!)

Mein finnisches Lieblingswort – oder eigentlich mein Lieblingssatz – ist *Lapsenlapsemme Vilho on ihana!* Mein Enkel Vilho (13 Jahre alt) in Kouvola ist seit vielen Jahren mein Finnischlehrer. Der erste Satz, den ich sprechen konnte, war: *Lapsenlapsemme Vilho on ihana.* Besonders das Wort *ihana* liebe ich. Es klingt wie eine Melodie und lässt mich staunen, weckt meine Dankbarkeit und Lebensfreude im Opa-Alter.

Paulfried Spies

Buseck / Hessen, Deutschland

Lev och låt leva

(Finnlandschwedisch: Leben und leben lassen)

Raum zum Leben für alle Menschen, die sich Frieden auf der Welt wünschen, und für Menschen, die glücklich sind mit ihren Familien zu Hause und nicht immer träumen von etwas Besserem als Liebe, Essen, einem eigenen Bett und Arbeit.

Ulla Groenvall-Streng
Jakobstad, Finnland

Lisää löylyä! (Mehr Aufguss!)

Sauna unkompliziert, ohne starre Regeln, wie es eben so gefällt! Und dann spontan Wasser auf die heißen Steine! – Das ist meine Erfahrung beim Sauna-Gang in Finnland in den 1970er Jahren gewesen! Kaum finnische Sprachkenntnisse, aber mit Freunden zusammen in der heißen Sauna wurde mir diese Formulierung zugerufen ... und ich musste das auf Finnisch wiederholen, bis die Aussprache von mir Deutschem für finnische Ohren verständlich klang.
Lisäääää löylyäää! Oder so ähnlich!
Man hört ganz andere Sauna-Regeln von deutschen Sauna-Gästen: Minutengenau wird ein Aufguss zur vollen Stunde in öffentlichen Sauna-Anlagen in Deutschland zelebriert. Aber die Freude am *löyly* ist mir nur locker und entspannt in Finnland begegnet!

Wolfgang Messow
Buchholz in der Nordheide / Niedersachsen, Deutschland

Lumikola (große Schneeschaufel, Schneeschieber)

Ich habe einzelne Wörter gelernt, so auch *lumikola*. Mit dem Wort *lumikola* habe ich meinen ersten richtig eigens zusammengestellten Satz auf Finnisch gesprochen: *Sun lumikola on iso, mä rakastan sitä* (Deine Schneeschaufel ist groß, ich liebe sie!)

Martina Meier
Celle / Niedersachsen, Deutschland

Lumi (Schnee)

Lumi ist für mich in vielerlei Hinsicht ein Lieblingswort. Als ich vor vielen Jahren Finnland für mich entdeckte, wollte ich wissen, was Schnee auf Finnisch heißt, da ich Schnee und den Winter liebe. Als ich *lumi* las, hatte ich sofort ein Lächeln im Gesicht. Um wieviel schöner klingt denn Schnee auf Finnisch?! Was ist das für eine wunderbare Sprache, in der etwas Eisiges so schön klingt! Da las ich die vielen anderen Wörter für Schnee und Frost, die es in Finnland gibt. Die Liebe der Finnen zur Natur spiegelt sich also auch in der Sprache wider. So haben sich meine Liebe für den Schnee und die Liebe zu Finnland vereint. Mittlerweile habe ich nicht nur meine Band *LUMI* genannt, mit der wir finnische Musik spielen, auch die Frau meines Lebens habe ich auf einer Reise nach Jyväskylä kennengelernt. Nun lernen wir gemeinsam Finnisch und bereisen unser Lieblingsland so oft es geht. Danke an D. H. Schmitz für die Inspiration zu dieser Aktion!

Alexander Richter
Potsdam / Brandenburg, Deutschland

Löyly (Aufguss)

Mein finnisches Lieblingswort ist *löyly*. Zunächst schon einmal der Klang: Das Wort *löyly* kann man sich richtig auf der Zunge zergehen lassen und man hört dabei fast schon die Antwort der heißen Steine. Es bringt einen in die richtige Saunastimmung mit Ruhe, Besinnung auf das Wesentliche und Trennung von allen Vorkommnissen außerhalb des Saunaraumes. Die Bitte *löyly* zu werfen, beinhaltet ein großes gegenseitiges Vertrauen.

Herbert Kratzer
Nebringen / Baden-Württemberg, Deutschland

Löyly (Aufguss)

Das Wort für den Sauna-Aufguss bringt mir immer Wärme, wie in der Sauna. Ein wohliges Gefühl. Obwohl der Begriff recht lustig in der Aussprache ist und sich viele darüber amüsieren ...

Doreen Schwarz
Schwarzheide / Brandenburg, Deutschland

Luonnonsuojelualue (Naturschutzgebiet)

Dieses Wort findet man auf jeder finnischen Landkarte. Es bedeutet nicht nur ein Stück Landschaft, in der man finnische Natur pur genießen kann, sondern es ist auch einfach ein Wort, das wie Honig über die Zunge geht. Das finnische Wort hat 56 Prozent Vokale, das deutsche nur 35 Prozent. Das finnische Wort klingt besonders weich und angenehm, weil sich unter den Konsonanten keine Plosivlaute (wie p, t, k, b, d, g) befinden. Dieses Wort steht für mich als Musterbeispiel für den Wohlklang der finnischen Sprache.

Paul Lenz
Offenbach am Main / Hessen, Deutschland

Maailma (Welt)

Kompositum aus *maa* (Land, Erde, Boden) und *ilma* (Luft, auch Himmel auf Proto-Finnisch). Hier bin ich ganz in meinem Element. Riesige Seen, weite Wälder, die Mitternachtssonne und die gute Landluft.
»Was heißt Landluft eigentlich auf Finnisch? Maa-ilma?«
»Nein, das bedeutet Welt.«
Blickt man vom Propellerflugzeug Helsinki-Joensuu oder von einem sommernächtlichen Ufer in Pirkanmaa aus auf die ruhigen finnischen Seen, muss man sich fragen: Sehen wir hier Wald mit vielen Seen oder doch eher ein großes Meer mit vielen Inseln? Wo fängt hier eigentlich der Himmel an und wo hört das Wasser auf? Wenn sich Baumwipfel und Wolken in der glatten Wasseroberfläche spiegeln, verschmelzen Luft, Land und Wasser zu einem ganz neuen Element. Und die Trennlinie zwischen *maa* und *ilma* verschwimmt zusehends im Walddunst des weit entfernten Ufers.
Ebenso vereint das Wort *maailma* zwei elementare Gegensätze. Es durchbricht die Trennlinie zwischen Immanenz und Transzendenz, es verknüpft Irdisches und Himmlisches zu einer gemeinsamen Welt voller Seen.

Moulay Zaidan Lahjouji-Seppälä
Freiburg im Breisgau / Baden-Württemberg, Deutschland

Maitovara (Platz für Milch)

Das Wort habe ich zum ersten Mal, vielleicht vor ca. zehn Jahren, im Restaurantwagen der finnischen Eisenbahn VR auf meiner Fahrt von Helsinki nach Lappeenranta gehört. Ich habe einen Kaffee bestellt und wurde gefragt, ob man *maitovara* haben möchte! Da habe ich »Ja!« gesagt, und so wurde der Becher nicht ganz voll eingeschenkt, sondern Platz für Milch, eine Milchreserve gelassen. Ein geniales Wort, das viel ausdrückt!

Aila Radden
Wedel / Schleswig-Holstein, Deutschland

Maitovara (Platz für Milch)

Wir haben einige Jahre in Finnland gelebt und dort viele Male mit verschiedenen Gruppen und Kreisen Kaffee getrunken. Jedes Mal, wenn ein freundlicher Mensch mit der Kaffeekanne zum Einschenken vorbei kam und die jeweilige Kaffeevorliebe nicht schon bekannt war, wurde gefragt: *»Maitovaran kanssa?«* (Mit Raum für Milch?) Soll ich die Tasse ganz vollschenken oder soll ich Platz für Milch lassen? Das hat mich immer gefreut! So viel freundliche Umsicht selbst im Detail. Und dann die sprachliche Kürze! Wo im Deutschen ein ganzer langer Satz nötig ist, da kann im Finnischen sogar noch die Präposition weggelassen werden. *»Maitovara?«*, verbunden mit einem kleinen fragenden Lächeln, das reicht schon, damit der Gast die richtige Mischung bekommt. Freundliche Umsicht, effektive Kürze und die Erinnerung an viele nette Kaffeezusammenkünfte, das verbinde ich mit der Frage.

Katja Röker
Brake a.d. Unterweser / Niedersachsen, Deutschland

Mansikkakakku (Erdbeerkuchen)

Das Wort klingt so, dass einem das Wasser im Munde zusammenläuft: lecker und freundlich!

Ursula Lang
Erlangen / Bayern, Deutschland

Marjaretki (Ausflug zum Beerensuchen)

Marjaretki erinnert mich an den Duft von Tannen und an Schwärme von Mücken und an die fröhlichen Geräusche von Kindern auf der Wiese. Der Höhepunkt war immer die Kaffeepause und das Picknick, das mitten in der Natur hervorragend schmeckte! Unvergessliche Erinnerungen an alte Zeiten.

Ritva Weisser
Thiersheim / Bayern, Deutschland

Makkaraperunat (Wurstkartoffeln)

Ein Gericht aus Bratkartoffeln, Brühwürstchen, Gurken und Zwiebeln. Nachts am Kiosk beim Nationalmuseum ist es die beste Stärkung am Ende einer nächtlichen Kneipentour.

Norbert Weber
Eckernförde / Schleswig-Holstein, Deutschland

Metsä on minun kirkkoni (Der Wald ist meine Kirche)

Der Wald verkörpert Finnland sinnbildlich. Er bietet seit jeher jedermann Schutz, wie eine mächtige Kirche Gottes. Ich finde das Zitat auch deshalb schön, weil ich Kirchen über alles liebe, bereits als Kind.

Michael Peters

Erlangen / Bayern, Deutschland

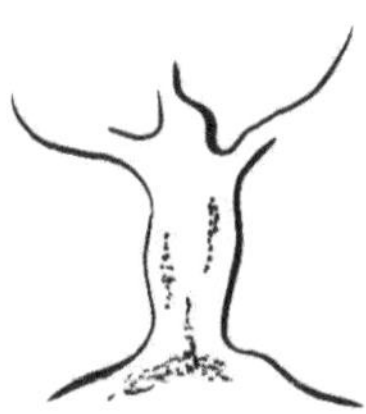

Muru (Krümel, Liebling, Herzchen)

Muru hat meine Mutter immer zu mir gesagt. Leider bin ich nicht zweisprachig aufgewachsen und meine Mutter hat mir ihre finnische Kultur und Lebensweisen kaum nahegebracht. Erst als erwachsener Mensch habe ich mich selbst auf die Suche nach meinen finnischen Wurzeln gemacht, habe versucht, Finnisch zu lernen, und einen intensiven Kontakt zu meiner Verwandtschaft aufgebaut. So hat dann auch meine Mutter begriffen, dass Finnland ein Teil von mir ist, Finnisch konnten wir aber trotzdem leider nie richtig miteinander sprechen.
Irgendwann begann sie aber dann, *muru* zu mir zu sagen. Das war so etwas ganz Besonderes, Zärtliches zwischen uns, was man gar nicht wirklich richtig beschreiben kann. Ein Band zwischen Mutter und Tochter, mir wurde es immer warm ums Herz.
Leider verstarb meine Mutter 2021 nur eineinhalb Jahre nach der Diagnose an Alzheimer-Demenz. Seitdem hat das Wort *muru* eine noch viel größere Bedeutung und Wert für mich.

Karin Pusch
Grafschaft / Rheinland-Pfalz, Deutschland

Näkemiin (Auf Wiedersehen)

Das Wort hört sich sehr freundlich an. Kennengelernt habe ich es in einem Sprachkurs.

Regine Jasmer
Berlin, Deutschland

No niin (Nun denn; Also dann ...)

Damit ist einfach alles gesagt . Kurz und bündig, vielseitig einsetzbar – einfach finnisch.

Daniela Sachwitz
Magdeburg / Sachsen-Anhalt, Deutschland

No niin (Nun denn; Also dann ...)

Je nachdem, wie man es betont:
* Na also!
* Oh je!
* Aha!
* Los geht's!
und vieles mehr.

Die Vielfältigkeit des Wortes, das je nach Betonung und Situation andere Bedeutungen hat, begeistert mich. Der finnischer Komiker Ismo Leikola beschreibt das in seinem wohl bekanntesten Sketch unglaublich gut. Außer, dass wir das Wort in unserer Familie oft mit einem Lächeln wegen Ismos Sketch verwenden, haben wir kein besonderes Schlüsselerlebnis damit gehabt.

Marcus Schorpp
Lempäälä, Finnland

No niin (Nun denn; Also dann ...)

Passt immer, wenn etwas beendet oder begonnen wird, als Lob und Tadel, kann positiv oder negativ sein. Geht immer, die Betonung zeigt den Inhalt.

Helena Virtanen-Pienemann
Rheine / Nordrhein-Westfalen, Deutschland

No niin (Nun denn; Also dann ...)

Meiner Meinung nach gibt es keine direkte Übersetzung für *No niin*, da mit den unterschiedlichen Betonungen die Bedeutung anders ist ...
Ich liebe die authentische Art, wie Finnen dieses Wort ganz selbstverständlich täglich in den verschiedensten Situationen benutzen und sich gegenseitig gut verstehen. Der berühmteste Anwender ist sicherlich Präsident Sauli Niinistö. Er beginnt oft seine Pressekonferenzen mit dem freundlichen und schnörkellosen Ausdruck *No niin*.

Irja Wichert
Oberursel / Hessen, Deutschland

Nyyttikestit

(Bündelfest, Fest, bei dem alle etwas zu essen und/oder zu trinken mitbringen)

Ein wichtiges Wort, so wissen alle, wie's läuft. Im Deutschen muss man umständlich »Es wäre schön, wenn du einen Salat o. ä. fürs Büffet mitbringen würdest.« in die Einladung schreiben. Und dann die Übersetzung: Bündelfest – das kennt niemand. Bottelparty auch nicht. Aber Finnen wissen bei *nyyttikestit* Bescheid.

Inka Rohrßen

Tübingen / Baden-Württemberg, Deutschland

Ötökkä (Insekt, Krabbelviech)

Wie mir *ötökkä* erstmals begegnet ist, weiß ich nicht mehr. Klar ist, dass ich mich augenblicklich in dieses Wort verliebt habe. Ich kann mir keine bessere Beschreibung vorstellen für ein kleines lustiges Viech. Schließlich sieht das Wort mit seinen Ös und dem Ä selbst schon aus, als würde es aus winzigen Käfern bestehen. Ich habe es direkt in meinen aktiven Wortschatz integriert und verwende es fleißig für alles, was da so kreucht und fleucht. Kürzlich ist mir zu meiner Begeisterung aufgefallen, dass ich mit *Ötökkä kököttää* (Das Krabbelviech verharrt.) sogar einen vollständigen Satz aus solch seltsamen Lautkombinationen bilden kann. Die finnische Sprache ist eine wahre Schatzkiste!

Miriam Marquitan
Herne / Nordrhein-Westfalen, Deutschland

Onnenpekka (Glückspilz)

Mein Lieblingswort ist *onnenpekka*. Ich finde das Wort sehr sympathisch und mag die Vorstellung, dass mensch das Glück wie einen Pilz suchen und finden kann.

Torsten Krause
Potsdam / Brandenburg, Deutschland

Onni (Glück)

Schon das Aussprechen dieses Wortes fühlt sich warm an und bringt ein Lächeln ins Gesicht. Dieses Wort ist kurz und beinhaltet viele Bereiche des Lebens.

Virpi Hach
Lübeck / Schleswig-Holstein, Deutschland

Perkele (Teufel – als Schimpfwort)

Im Finnischen klingt dieser Fluch so viel schöner, prägnanter und kraftvoller als in der deutschen Variante. Ich bin der finnischen Sprache zwar nicht mächtig, aber dies ist eines der finnischen Wörter, die ich bereits während des ersten meiner drei beruflichen Finnland-Aufenthalte gelernt habe.

Irene Anton
Berlin, Deutschland

Perkele (Teufel)

Dieses Wort ist mir erstmals in einem finnischen Kurzfilm, in dem es um Eislochfischen ging, begegnet. Dieses »Schimpfwort« klingt irgendwie freundlich und »nett« und man kann es gut in den eigenen Alltag integrieren, ohne dass – im Normalfall – es jemand versteht.

Maria Dahm
Mainz / Rheinland-Pfalz, Deutschland

Pöllö (Eule)

Die Eule ist der klügste Vogel. Sie symbolisiert Bildung und Weisheit. Ich habe mir immer gewünscht, dass ich selbst eines Tages genau so klug werden kann wie die Eule. Ich möchte auch im Äußeren der Eule ähnlich werden. Große runde Augen und ein scharfer Schnabel krönen die Schönheit des Gesichts. Die Eule ist bescheiden und zieht sich gerne zurück, genau wie ich. Sie hat in ihrem ganzen Leben nur eine Gattin und befürwortet Monogamie, genau wie ich. Die Eule ist in vieler Hinsicht mein großes Vorbild und Idol. Weil es sich mit *pöllö* um ein finnisches Wort handelt, kommt jetzt zum Schluss die Kirsche auf den Kuchen: die Aussprache mit zwei ö. Jedes Mal, wenn eine deutschsprachige Person diese berühmte Umlautkombination auszusprechen versucht, muss ich lächeln, aber durchaus freundlich, was auch meinem persönlichen Charakter entspricht.

Seppo Hentilä
Kauniainen, Finnland

Pömpeli

(Schuppen, Kammer, Bude, kleine Werkstatt, Bastel-, Hobbyraum ...)

Eine Übersetzung ins Deutsche? Geht gar nicht, muss es auch nicht!
Finnischer als das Wort *pömpeli* geht's gar nicht. Für mich ist *pömpeli* ein Zufluchtsort, wo ich meine Ruhe jederzeit geniessen kann. Das kann eine Garage sein, oder auch ein Kellerabteil, wo die Nachbarn einen nicht beobachten können. Hauptsache, man kann die Türe schliessen und seine Ruhe vor anderen geniessen. Für eine solche Ruhe muss man nicht verrückt sein, nicht einmal ein Finne – ich bin's aber. Es ist einfach so. Punkt.

Lasse Salonen
Münsingen / Kanton Bern, Schweiz

Porsaita äidin oomme kaikki

(Wir sind alle Mutters Schweinchen)

Dieser finnische Satz erinnert mich an meine erste Finnischstunde an der Volkshochschule in Aachen und an die Verwunderung, die dieses finnisch / schwedische Weihnachtslied bei mir ausgelöst hat. Damals brachte ich Weihnachten noch nicht mit Schinken oder Schweinchen in Verbindung. Außerdem war es lustig, wir saßen da – zirka zehn deutsche Männer und ich als einzige deutsche Frau, die einen finnischen Mann hatte – und lernten die Übersetzung und sangen dieses Weihnachtslied unter der Leitung unserer finnischen Lehrerin Kaarina. Das war eine meiner ersten Begegnungen mit finnischer Sprache und Kultur.

Luise Liefländer-Leskinen

Savonlinna, Finnland

Poronkusema (alte finnische Längeneinheit)

Poronkusema ist eine alte finnische Längeneinheit, rund 7,5 km. Das ist die Strecke, die ein Rentier laufen kann, ohne zu pinkeln. Das sind natürlich keine Begriffe aus dem täglichen Leben. Aber für mich finnische Lebensfreude pur.

Hans-Otto Bracker
Neumünster / Schleswig-Holstein, Deutschland

Punamulta (rote, tonhaltige Farbe)

Mein finnisches Lieblingswort ist *punamulta.* Es gibt wohl kaum ein Wort, das mein Leben nachhaltiger beeinflusst hat als dieses finnische Wort. Kennengelernt hatte ich es in unserer finnischen Partnerstadt Joensuu. Die Bedeutung für mich und mein Leben sollte ich dann in den folgenden Jahren erkennen. Eine eigene Firma, ökologische Pflegeeinrichtungen der 5. Generation, Kontakte mit kirchlichen Würdenträgern, zu den Vereinten Nationen, zu Professoren im Baubereich ... Den Weg hierzu eröffnete mir *punamulta.* Und eigentlich hatte ich ja ein sozialwissenschaftliches Studium absolviert und damit war eigentlich ein anderer Weg vorgezeichnet.

Ernst Engelhardt
Hof / Bayern, Deutschland

Raakakaakaovoi (Rohkakaobutter)

Mein finnisches Lieblingswort habe ich in einem Biosupermarkt in Helsinki gesehen. Wohlgemerkt: gesehen. Auf einer Verpackung. In Großbuchstaben geschrieben. *RAAKAKAAKAOVOI*. Das Schriftbild allein ist beeindruckend. Aber erst der Klang! Man muss sich das Wort langsam und genüsslich vorsprechen: RAA-KA-KAA-KA... und dann plötzlich der Wechsel zu O – gefolgt von VOI. Eigentlich schade. Ich hätte gern mit den As weitergemacht, so wie ich manchmal beim Schokolade-Essen ja auch nicht genug bekommen kann. Deshalb werfe ich jetzt noch ein zweites Wort in die Waagschale: *RAAKAKAAKAOVAAKA* (Rohkakaowaage). Ob das schon jemand erfunden hat, weiß ich nicht. So bleibt es bei *RAAKAKAAKAOVOI* – mit dem abschließenden wunderbar doppeldeutigen VOI. (*voi* bedeutet Butter, wird aber auch als Interjektion gebraucht, ähnlich wie Ach! im Deutschen.)

Siegfried Breiter
Tübingen / Baden-Württemberg, Deutschland

Rantakallio (Uferfelsen)

Rantakallio – der flache Felsen an der Uferlinie, an zahlreichen Seen, an den Inseln in den Schären, an Meeresbuchten. An diesen Felsen, in denen die Sonnenwärme über den langen nordischen Sommertag im Stein gespeichert wird, habe ich wunderbare Sommertage verbracht, sich wieder aufwärmend nach dem Schwimmen im kühlen Wasser. Getragen von dem Felsen – wie das ganze Land von einem Granit-Grundstein getragen wird. In den Tagen des »Frühlingswinters« *(kevättalvi)* schmilzt der Schnee zuerst auf den Uferfelsen; dort lässt sich wunderbar Kaffee aus der Thermosflasche trinken, in dem hellen Frühlingslicht zwischen schneebedeckten, zugefrorenen Seen und Buchten, unter dem strahlendblauen Himmel. *Rantakallio* – zu jeder Jahreszeit ein Ort, an dem man sich gleichzeitig verwurzelt und frei fühlen kann.

Jaana Perttu-Kacsóh
Eltville / Hessen, Deutschland

Rakas (Schatz, Liebling)

Beim Lesen eurer Facebook- Mitteilung hörte ich einen Schlager mit dem passenden Text *»... se on vain rakkaus«* und beim Blick auf meine Frau kann ich auch nichts anderes denken.

Kari Mattila
Eura, Finnland

Rakkaussuhde (Liebesverhältnis, -beziehung)

Es ist schön zu lieben. Ich brauche Liebe, und du brauchst die Liebe. Nach meiner Meinung ist es schön und gemütlich, mit einer schönen Frau zu leben – und zu lieben und zu küssen.

Antero Kärnä
Kuopio, Finnland

Revontulet (Aurora Borealis; Nordlicht, Polarlicht)

Mir gefällt der Gedanke, dass der Feuerfuchs mit seinem Schweif die Berge streift und die Funken davon die Nordlichter sind. Das Wort hat mir sofort gefallen. Es klingt schön und es klang sofort danach, als ob sich dahinter eine schöne Geschichte verbirgt

Claudia Rehwagen
Tampere, Finnland

Rompetori (Variante von *kirpputori*, Flohmarkt, mit Maschinen und alten Fahrzeugen)

Der *rompetori* (*rompe* vielleicht von *romu*, Schrott) ist eine ländliche Variante des Flohmarktes *kirpputori*. Neben den üblichen Flohmarktprodukten wie gebrauchter Kleidung, Haushaltsgegenständen, Büchern und Zeitungen gibt es auf einem *rompetori* meist auch alte Landtechnik, Ersatzteile für Fahrzeuge aller Art, Selbstgebasteltes und -gebackenes, Musik und Vorführungen von altem Handwerk wie zum Beispiel Spinnen oder Holzdachschindelherstellung.
Seit 2006, nach meinem Wegzug aus Tampere, wohne ich in ländlichen Regionen, erst in Mittel- und Nord-Österbotten und seit 2011 in Sastamala. Vor allem seit ich in Sastamala wohne, besuche ich regelmäßig *rompetoris* der Region. Mich fasziniert, dass sich das ländliche Finnland in verdichteter Form auf diesen Märkten zeigt. Als Fotografin berührt mich die Ästhetik der Alltagsgegenstandswelt, die viele verschiedene Jahrzehnte präsentiert. *Rompetori* als sozialer Ort lässt eine bunte Mischung verschiedener Menschen zusammenkommen.

Nina Dannert,
Sastamala, Finnland

Salo (waldige Gegend, die so abgelegen oder schwer zugänglich ist, dass man sie nicht bewirtschaftet)

Ich mag das Wort *salo*, weil es kein deutsches Äquivalent gibt, und weil es bei mir angenehme Erinnerungen an das Herumstreifen in abgelegenen Gegenden von Finnland auslöst. 1974, zum Beispiel, war ich einige Male mit Sakari Petro, einem Biologielehrer, im Raum Kotka unterwegs, und er hat mir neben *salo* auch die finnischen Begriffe für verschiedene Arten von Mooren erklärt. Und ich denke an Akseli Salo, den Vorarbeiter bei ALKO, mit dem ich als Werkstudent im Sommer 1971 zusammengearbeitet hatte. Wir hatten viel Spaß in den Arbeitspausen, wenn ich meine Finnischkenntnisse ausprobierte ... Beifall für richtige Sätze, Heiterkeit bei Fehlern. Von Akseli habe ich auch das Wort *pyhä* (heilig) gelernt. Er zeigte auf ein Bild von Urho Kekkonen in der Zeitung, grinste und sagte *pyhä*. Aber das ist eine andere Geschichte.

Friedrich-Karl Lücke
Rosdorf / Niedersachsen, Deutschland

Santsikuppi (kostenlose zweite Tasse Kaffee im Café)

Santsikuppi ist mein finnisches Lieblingswort, weil es mich erstens an viele angenehme Situationen erinnert, wo wir entspannt und gut gestimmt im Café saßen mit leckerem Kuchen und Kaffee und mit Blick auf eine wunderbare Landschaft, z. B. im Kenkävero in Mikkeli oder im Reissupannu in Kangasniemi. Zweitens finde ich die kostenlose zweite Tasse typisch finnisch: großzügig, freundlich, gelassen – alles andere als kleinlich und bloß profitorientiert.

Hartmut Streitberger
Schönau / Baden-Württemberg, Deutschland

Satu (Märchen)

In *Satu* konzentriert sich die ganze Schönheit der finnischen Sprache: Bei aller Komplexität weist sie klanglich eine Prägnanz auf, die sich hier ideal abbildet. Konsonanten und Vokale wechseln einander rhythmisch-friedlich ab; im Gegensatz zu negativ konnotierten Begriffen wie Stau oder Abscheu mündet mein Lieblingswort in ein wohliges Vokal-Finale. Klanglich bemerkenswert ist es zudem, da ich keine deutschen Wörter kenne, deren Anfangs-S vor einem Vokal stimmlos gesprochen wird. Entsprechend schwer tut man sich hierzulande mit der erfrischend scharfen Aussprache, vom stimmlosen S über die französische Akzentuierung der zweiten Silbe bis zum asiatisch-harten U am Wortende ist alles dabei. Natürlich hat *satu* auch semantisch viel zu bieten, gibt es etwas Träumerisches, Fantastischeres als Märchen mit ihrem verlässlich-versöhnlichen Ende? Und ist es nicht ein immenses Glück, so ein Wort als Namen zu tragen? Ja, und es ist mein Glück, dass *Satu* die Liebe meines Lebens ist.

Benedikt Faber
Münster / Nordrhein-Westfalen, Deutschland

Sinivuokko (Leberblümchen)

Vor knapp 40 Jahren habe ich das erste Mal Urlaub in Finnland gemacht und fing da an, mir einige finnische Wörter anzueignen. Wochentage, Monatstage, Obst, Gemüse, Tiere und Blumennamen.
Ein Name hatte mich damals vom Klang her total begeistert: *sinivuokko*. Und dieses Wort begegnete mir in meinem fünfwöchigen Urlaub noch einmal. In Finnisch-Lappland schleppte ich ein Auto eines Finnen zur Werkstatt. Als Dank dafür wurde ich eingeladen und zwei Wochen später besuchte ich ihn in Kristiinankaupunki. Er hatte zwei kleine Töchter und eine hieß Sinivuokko. So dachte ich, so sollte meine Tochter auch mal heißen – leider kam es nicht dazu. Ich hatte mich damals in das herrliche Land verliebt und auch in diesen zauberhaften Namen einer Blume bzw. einen Vornamen.

Jürgen Schmitt
Alzenau / Bayern, Deutschland

Sisu (Hartnäckigkeit, Unverdrossenheit, Zuversicht, Beharrlichkeit, Unnachgiebigkeit, Mut ...)

Mein finnisches Lieblingswort ist *sisu*. Dieses Wort hat mein Arbeitsleben beeinflusst. Ich kam in den 80er Jahren als Finnin nach Deutschland, nachdem ich nur drei Jahre lang Deutschunterricht in der Schule und ein Außenhandelsstudium in Finnland absolviert hatte. In einem deutschen Amt habe ich jahrelang Erfahrungen gesammelt und mich hochgearbeitet, so dass ich eine Stelle als einzige ausländische Teamsekretärin, teilweise auch als Chefsekretärin, bei der größten deutschen Telekommunikationsfirma erhielt. Dort arbeitete ich rund zwanzig Jahre bis zu meinem Rentenantritt.

Ulla Schmeling
Rodgau / Hessen, Deutschland

Sisu (Hartnäckigkeit, Unverdrossenheit, Zuversicht, Beharrlichkeit, Unnachgiebigkeit, Mut ...)

Es ist schwer ein finnisches Wort zu finden, das man als sein Lieblingswort bezeichnet.
Ich bleibe beim Nachdenken immer bei *sisu* hängen. Also soll es *sisu* sein. Es ist ein schönes Schriftbild und es klingt schön. *Sisu* lässt sich in keine andere Sprache übersetzen, es ist »rein« finnisch, mehr noch als Sauna. Es beschreibt eine Eigenschaft, die hauptsächlich den Finnen zu eigen ist. Erworben durch das Überleben in ihrem Land. Man braucht diese Eigenschaft, um dort oben mit Kälte, Hitze, Dunkelheit, Nachtlosigkeit, Langeweile, großen Entfernungen und ständigen Rückschlägen, bei der Landnutzung gut klarzukommen. Hat man *sisu*, diese finnische Lebensphilosophie, so kann man dort und aus finnischer Sicht oft nur dort, der glücklichste Mensch sein.
Die Übersetzungsversuche, die da sind wie Ausdauer, Zähigkeit, Sturheit, Kraft, Mumm, Blindheit sind alle unvollkommen und können dieses finnische Wort nur ansatzweise erklären. Also auch deswegen: mein finnisches Lieblingswort.

Ernst Kraus
Würzburg / Bayern, Deutschland

Sisu (Hartnäckigkeit, Unverdrossenheit, Zuversicht, Beharrlichkeit, Unnachgiebigkeit, Mut ...)

Eigentlich ist *sisu* ja unübersetzbar, »klaglose Beharrlichkeit« passt vielleicht am besten.
Ich war während meines Designstudiums 1994 ein halbes Jahr in Helsinki und es war damals, wie uns gesagt wurde, der beste Winter seit Jahrzehnten. Ich habe die Zeit sehr genossen und *sisu* in vielen Varianten kennengelernt: Die Frau, die ihren etwas angetrunkenen Mann um Mitternacht ziemlich eindeutig mit in den Bus genommen hat, die ›weißen Körper‹, die bedächtig in der *uimahalli* (Schwimmhalle) ihre Bahnen ziehen oder die zwei Eisbrecher namens *Sisu*, die erhaben im Hafen vor Anker lagen ...

Wolfgang Wünnenberg
Frankfurt am Main / Hessen, Deutschland

Sisu (Hartnäckigkeit, Unverdrossenheit, Zuversicht, Beharrlichkeit, Unnachgiebigkeit, Mut ...)

Kann ja angeblich nicht übersetzt werden ... *Sisu* bedeutet eine nur den Finn(inn)en zugeschriebene Eigenschaft wie Kraft und Mut, Beharrlichkeit und Durchhaltevermögen in schwierigen Zeiten. Es war eine große Ehre für mich, als eine finnische Freundin mich als »halbe Finnin« bezeichnete, da ich zumindest schon einen recht großen Anteil an *sisu* in mir tragen würde.

Ursula Blaschke
Bielefeld / Nordrhein-Westfalen, Deutschland

Sisu (Hartnäckigkeit, Unverdrossenheit, Zuversicht, Beharrlichkeit, Unnachgiebigkeit, Mut ...)

Sisu verkörpert für mich eine ureigene finnische Eigenschaft, eine finnische DNA, und die Voraussetzung dafür, dass Finnland trotz der Nähe zu Russland noch heute als demokratisches und souveränes Land existiert. Finnland ist *sisu*, wie sich in allen Pisa-Studien zeigt, Marschall Mannerheim war *sisu*, der Umstand, nur »Waffenbruder« und nicht vertraglicher Achsenpartner Hitlers geworden zu sein, Paasikivi und später Kekkonen, Ministerpräsidentin Marin – alle stehen für *sisu*. Es gehört »*Sisu*-ness« dazu, nach der Niederlage Karls XII von Schweden plötzlich unter russische Oberherrschaft zu geraten, das zaristische Russland zu überstehen und die Schwäche Russlands nach der Revolution zu nutzen, souverän zu werden. Und »*Sisu*-ness« wirkt sich auch darin aus, seit Urzeiten die in der Glücksskala am höchsten rangierenden Bürger zu haben.

Peter Michael Vischer
Berlin, Deutschland

Snappertunan vapaapalokunta

(Freiwillige Feuerwehr von Snappertuna)

Begegnet ist es mir auf einer Rundreise im Süden Finnlands, meine Frau hat es als Übungswort für die finnische Sprache auserkoren und ich musste es oft bei Freunden aufsagen. Es klingt ziemlich lustig. Es sind wohl die vielen A's, die gepfeffert von einigen Konsonanten einen rhythmischen Wohlklang erzeugen.

Heidrun Schröter

Hannover / Niedersachsen, Deutschland

Suklaajäätelötötterö (Schokoladeneishörnchen)

Es hat so viele Vokale, es hört sich gut an –
und es schmeckt!

Elke Hollmann
Rutesheim / Baden-Württemberg, Deutschland

Suolatonta voita (ungesalzene Butter)

Wir haben von 1977 bis 1982 in Finnland als Familie mit zwei Kindern gelebt. Anfangs konnten wir kein Finnisch und haben Butter eingekauft. Unsere Kinder wollten aber keine Brötchen mit Butter und Konfitüre essen, weil die Butter gesalzen war. Es war nicht einfach herauszufinden, dass Butter auch ungesalzen – *suolatonta voita* – verkauft wird. Diesen Begriff im Partitiv werden wir nie mehr vergessen. Er bleibt eine schöne Erinnerung an Finnland!

Hans-Jürgen Berger
Berlin, Deutschland

Suvi (poetisch für: Sommer)

Wenn wir vom Sommer reden, so benützen wir gewöhnlich das Wort *kesä* (Sommer). *Suvi* klingt alt-finnisch, hübsch und warm, und wird häufiger in der Poesie verwendet. Ich liebe den Sommer und dieses Lieblingswort bringt ihn mir lebhaft in den Sinn. Hätte ich eine Tochter, würde ich sie *Suvi* nennen.

Sinikka Eriksson
Espoo, Finnland

Sytytystulppa (Zündkerze)

Das finnische Wort »stottert« am Anfang: *sy-ty-tys* … Genau wie der Anlasser eines alten finnischen Autos im Winter. Ich weiss, wovon ich spreche, ich habe persönliche Erfahrungen.

Riitta Diener-Alho
Oberdiessbach / Kanton Bern, Schweiz

Syysmyrkkylilja (Herbstzeitlose)

Mein finnisches Lieblingswort ist *syysmyrkkylilja.*
Das Wort *syysmyrkkylilja* empfinde ich als kleines phonetisches Fest für die Ohren, welches das von der Pflanze versinnbildliche Spiel zwischen betrügerischer Schönheit und tödlicher Gefährlichkeit aufgrund der zahlreichen vorderen Vokale in bittersüßer Weise unterstreicht. Darüber hinaus ist die deutsche Entsprechung des Wortes, die Herbstzeitlose, von ähnlicher inspirierender Schönheit, was die Faszination für das finnische Wort noch verstärkt.

Patrick Schachtebeck
Helsinki, Finnland

Talvi (Winter)

Von den vier Jahreszeiten ist das Wort *talvi* mein liebstes und generell mein bedeutsamstes finnisches Wort. Es ist mir bereits an der Volkshochschule im Finnischkurs begegnet und dann noch einmal, als ich auf der Suche nach einem Namen für meine damals noch ungeborene Tochter war. Das Licht der Welt erblickte meine kleine »im Winter Geborene« am 12.12.2020. Da war der Name natürlich Programm. Emilia Talvi heißt sie, und wir lieben sie und ihren Namen und werden super oft darauf angesprochen.

Julia Schulz
Darmstadt / Hessen, Deutschland

Taivaanrannanmaalari (Tagträumer)

Das poetisch klingende Wort *taivaanrannanmaalari* ist mein Lieblingswort. Es beschreibt den etwas trägen Tagträumer oder Utopisten, der unbekümmert nach dem finnischen Sprichwort *Ei huolta huomisesta* (etwa: Mach dir keine Sorgen um morgen.) in den Tag hineinlebt und seine Zukunft durch die rosarote Brille sieht. Das Wort ist etwas aus der Mode gekommen, sollte aber wegen der Lautmalerei – den vielen As – noch lange in unseren Köpfen und in der finnischen Sprache erhalten bleiben.

Seija Linke
Springe / Niedersachsen, Deutschland

Tapiola (Stadtteil von Espoo)

Tapiola ist mein Lieblingswort. Meine Begründungen: vier Vokale im Namen finnische Spitzenarchitektur, mein Wohnort für zwei Jahre (mit finnischer Ehefrau), regelmässige jährliche Besuche, Verbindung zur Musik von Jean Sibelius, gute Verbindung zur Hauptstadt Helsinki, attraktives Museum, gehört zum von mir sehr geschätzten Espoo, Ausgangspunkt für Streifzüge durch Finnland, viele gute Dauerfreunde, hier darf ich meine Finnischkenntnisse anwenden, lässt mich nicht mehr los, einmal *Tapiola*, immer *Tapiola*.

Urs Jaberg
Bern, Schweiz

Tiikerikakku

(zweifarbiger Marmorkuchen, hell/schokoladenbraun)

Als meine Tochter ihr Austauschjahr in Finnland verbrachte, schrieb sie mir viel von Gerichten und Backwaren, welche sie bei ihren Gastfamilien kennenlernen durfte. Eines Tages war ich dabei, einen Marmorkuchen zu backen und ich fragte sie, wie in Finnland dieser Kuchen wohl heisse ...?
Tiikerikakku (Tigerkuchen)!
Dieser Name gefiel mir sofort. So logisch, und einfach zu merken. Was man von den meisten anderen finnischen Wörtern ja nicht unbedingt behaupten kann.

Annegret Schaerer
Zofingen / Aargau, Schweiz

Täysjyväruisleipä (Vollkornroggenbrot)

Seit 50 Jahren fahren wir im Urlaub nach Finnland und verbringen inzwischen jeden Sommer dort auf unserer eigenen Insel. Das finnische Roggenbrot soll ja das Lieblingsessen der Finnen sein und auch ich mag es sehr gerne, besonders, wenn es frisch aus dem Ofen kommt und einen hohen Anteil Vollkorn enthält. Und warum schmeckt mir das so gut? Vermutlich, weil ich laut DNA-Analyse zu zwei Prozent Finnin bin – wer weiß?

Heidi Hübner

Kirchlauter / Bayern, Deutschland

Tietokone (Computer)

Als ich in Finnland studierte, fiel mir eine Sache besonders auf: Im Finnischen werden Wörter eingefinnischt. Die deutsche Sprache hingegen ist phantasielos – was man an den vielen denglischen Wörtern erkennt, die es mittlerweile gibt. Ein solches eingefinnischtes Wort ist *tietokone*. Dabei handelt es sich um einen Computer. Nüchtern definiert, handelt es sich um ein Gerät, das mittels programmierbarer Rechenvorschriften Daten verarbeitet. Das Wort *tietokone* ist jedoch im Gegensatz zu Computer unglaublich kreativ und tiefsinnig, ja geradezu philosophisch. Für alle, die kein Finnisch können: Das Wort ist eine Zusammensetzung aus den beiden Wörtern *tieto* = Wissen, Kenntnis und *kone* = Maschine, Gerät. Übersetzt und kombiniert bedeutet es also Wissensmaschine. *Tietokone* ist mein finnisches Lieblingswort, stellvertretend für viele Wörter dieser Art, die die Einzigartigkeit der finnischen Sprache zeigen. Liebe Finnen: Bitte erhaltet euch eure Wortfantasie!

Laura Brandenburg
Hildesheim / Niedersachsen, Deutschland

Tietokone

(Computer, Rechner; wörtlich: Wissensmaschine)

Das Word reflektiert schon den Unterschied zwischen Finnland und Deutschland in Bezug auf Technik. In Deutschland ist es ein stupider Rechner und in Finnland eine Maschine, die alles weiß.

Ria Häkkinen
Helsinki, Finnland

Töissä (bei der Arbeit)

Von *työ* (Arbeit). Man kann wunderbar diese grammatikalischen Finessen des Finnischen sehen: das Zusammenspiel oder die Platzierung der Vokale im Wort. Dabei ist der Inessiv (-ssa) ja eigentlich noch einer der einfacheren Fälle ...

Mika Rohrßen
Tübingen / Baden-Württemberg, Deutschland

Totta kai! (Klar doch! Sicher!)

Totta kai ist mein finnisches Lieblingswort bzw. -phrase. Denn es ist viel mehr als ein steifes *kyllä* (ja), mehr als ein halbherziges *joo* (jow) oder gar ein unentschlossenes *juu juu* (jaja). Wer auf eine Frage mit *totta kai* antwortet, begräbt jeden Zweifel. Es ist voller Zustimmung und strotzt vor Zuversicht. Man kann es laut ausrufen oder leise flüstern, es entfaltet allzeit Mut und Vertrauen. *Totta kai* ist eine zum Lautgebilde gewordene positive Lebenseinstellung.

Dieter Hermann Schmitz
Sastamala, Finnland

Usva (Nebel)

Ich finde das Wort einfach nur schön. So schön, dass ich meine Tochter so taufen würde, wenn ich eine hätte. *Usva* klingt weich und mystisch, es könnte kein besseres Wort für Nebel geben.

Carmen Karlsson
Turku, Finnland

Valitettavasti (leider)

In Jyväskylä wurden wir von Finnen etwas gefragt, ich verstand alles und bedauerte, ihnen keine Auskunft geben zu können und antwortete: *En tiedä, valitettavasti.* (Weiß ich leider nicht.) Unser Freund, das erste Mal mit uns in Finnland, war überrascht:
»Und du sagst, du kannst nur wenig Finnisch. Du kannst ja ganze Sätze!? Sag das noch mal!«
»*Valitettavasti.*«
Abends im Sommerhäuschen fragte er wieder:
»Wie hieß noch der Satz?«
»*Valitettavasti.*«

Uta Nitz
Kiel / Schleswig-Holstein, Deutschland

Vaitiolo

(Schweigen; Stillschweigen, Verschwiegenheit, Stille)

Dieses Wort ist mir zum ersten Mal vor vielen Jahrzehnten (ich bin 85 Jahre) in einem Langenscheidt-Lehrbuch begegnet. Es ist ein gutes Beispiel für die Lautstruktur und den Wohlklang der finnischen Sprache. Ich habe mich damals gleichsam in die finnische Sprache verliebt. Später habe ich zweimal Finnland besucht.

Gerd Bussing
Berlin, Deutschland

Vastustuskyky

(Immunität, Widerstandsfähigkeit)

Als ich als Ärztin in Finnland gearbeitet habe, ist mir das Wort stets begegnet. Trotz des niedlich klingenden Singsangs hat es eine so wichtige Bedeutung für jedes Lebewesen, denn eine gestärkte Immunabwehr bzw. Widerstandsfähigkeit ist essenziell. Meine Patient(inn)en haben stets gelacht, wenn ich ihnen mitteilte, wie toll ich es finde, ein so fröhlich klingendes Wort für so einen wichtigen medizinischen Begriff nutzen zu können und dass dies mein Lieblingswort im Finnischen ist. Meine Hoffnung ist, dass manche sich vielleicht mit einem Lächeln daran zurückerinnert und nochmal anderes über ihre eigene *vastustuskyky* nachgedacht haben.

Maria Raili Noftz

Lübeck / Schleswig-Holstein, Deutschland

Vietettyämme (nachdem wir verbracht haben)

Unglaubliche Konjugation!

Jussi Koch
Berlin, Deutschland

Vitutus (starke Verärgerung, anhaltender Verdruss – oder vielleicht der österreichische Grant; derb)

Ein sehr bekannter finnischer Politiker stellte einem Arzt einst die Frage, ob man an dem von diesem Wort beschriebenen Zustand sterben könne, was der Arzt spontan bejahte. Der Satz *Voiko vitutukseen kuolla?* gilt als Klassiker unter den finnischen Anekdoten. Obwohl die Frage nach der möglichen Todesfolge dem Wort *vitutus* vielleicht sein volles Potential entlockt, kann das ebenso klangvolle wie derbe Nomen auch in weniger dramatischen Situationen verwendet werden. Mit der Verwendungsfrequenz der verwandten Verbform *vituttaa* kann sich das sympathisch subversive Wort jedoch nicht messen, vom einfachen Kraftwort *vittu* ganz zu schweigen. Letzteres versetzt mich zurück in meine Jugend in Österreich, wo sich das ebenso derbe Wort Fut besonderer Beliebtheit erfreute, ein Wort dessen mittelhochdeutscher Ahne vut zur neuhochdeutschen Fotze und möglicherweise auch zur finnischen vittu führt. Aber wir haben wohl kein mit *vitutus* vergleichbares Wort, also bleibt mir nur der Grant.

Michael Klade
Tampere, Finnland

Yöpyä (übernachten)

Das Wort *yöpyä* verkörpert mit seinen vier Vokalen und nur einem Konsonanten Finnland.
Die Abundanz finnischer Vokale in der Sprache im Gegensatz z.B. zu Sprachen des Nahen Ostens, bei denen die Vokale nicht einmal geschrieben werden.
Y, Ö, Ä – die größte Aussprachehürde für Sprecher romanischer Sprachen ...
Die Weite des Landes und die Gastfreundschaft beim einsam stehenden p ...
Die lange Nacht im Winter und ihr weißes Pendant im Sommer ...
Die klangvolle Musikalität des Finnischen und ihre Eignung zum Singen ...

Uta Liertz
Helsinki, Finnland

Yhdessä (zusammen)

In meinem Blog und auf Insta/Facebook erzähle ich leidenschaftlich gern Geschichten aus der Sauna. Der Gang in die öffentliche Sauna hatte unserer Familie in den wundervollen Jahren im finnischen *Rauma* alle Herzen und Türen geöffnet. Deshalb waren meine beiden ersten Impulse *sauna* oder *löyly*. Irgendetwas hat mich noch von der Einreichung abgehalten. Aber dann, im Zusammenhang mit dem wunderbaren DFG- Saunawassermarathon, hat es Klick gemacht: Mein finnisches Lieblingswort ist *yhdessä*!
Yhdessä on mukavaa – zusammen ist es schön: in der Sauna, beim Grillen am Lagerfeuer oder eben zusammen einen Saunaeimer von der *Rajaportin Sauna* in Tampere zum internationalen Saunakongress nach Stuttgart zu tragen. Vielen Dank dafür! Ich bin ein sau(na)glückliches DFG-Mitglied.

Katja Ansorge
Eckental / Bayern, Deutschland

aiturilta
yppääminen
kielletty

Ystävyys (Freundschaft)

Für mich ist *ystävyys* eines der finnischsten Wörter überhaupt. Einerseits, weil es gleich dreimal y enthält, aber auch weil das Suffix -uus/-yys sehr typisch ist. Die Aussprache ist wie eine Achterbahnfahrt, wo es zuerst kurz steil bergan geht, auf der Spitze kurz innehält, dann steil bergab saust und zum Schluss quasi »ausläuft«. Dafür, dass es eine so schöne Bedeutung hat, ist das Wort für Menschen, die bislang nichts mit Finnisch zu tun hatten, ein echter Schocker: Kaum jemand weiß, wie man das Wort richtig aussprechen soll. Das Wort ist durchaus auch ein mit einem Augenzwinkern zu verstehender Botschafter für die finnische Sprache. Wer sich davon nicht abschrecken lässt, ist bereit, Finnisch zu lernen und sich den nächsten sprachlichen Schätzen zu widmen, z.B. *mielenkiintoinen* (interessant) oder *moottoriurheilukeskus* (Motorsportzentrum).

Susanne Kannenberg
Hannover / Niedersachsen, Deutschland

Ystävänpäivä (Valentinstag; wörtlich: Freundestag)

Der 14. Februar, der Valentinstag, ist der Tag der Liebe und Freundschaft. Zuallererst las ich das Wort vor einigen Jahren auf einer Karte von meinem finnischen Freund Ahti. Vorsichtig versuchte ich, es laut zu lesen. Nach mehreren Anläufen klappte es.
Per Zufall stieß ich auf den finnischen Sänger *Tuure Kilpeläinen*. Ein Song von ihm heißt *Ystävänpäivä*, und der klingt so schön. Leider kann ich den Text nicht verstehen, aber die Melodie bleibt im Ohr.

Ingeborg Schunz
Mülheim an der Ruhr / Nordrhein-Westfalen, Deutschland

Zairenleveähuulisarvikuonouros

(wörtlich: Zairebreitlippennashornmännchen)

Mein finnisches Lieblingswort ist *zairenleveähuulisarvikuonouros.* (Die Art wird im Deutschen auch Nördliches Breitmaulnashorn genannt.) Ich fand es in einem Zeitungsartikel, es ist das erste Kompositum aus sechs Wörtern, das mir begegnet ist. Mir gefällt es deshalb, weil es zeigt, dass man im Finnischen zusammengesetzte Wörter leicht bilden kann. Lustig finde ich daran, dass ich, um es auszusprechen, mich konzentrieren muss, um kein Wort zu vergessen und alle in die richtige Reihenfolge zu bringen. Ob jemand, der das Wort noch nie gehört hat, es gleich richtig nachsprechen kann? Es wird beim ersten Versuch wohl Gelächter geben. Den letzten Wortbestandteil, *uros* (Männchen), mag ich sehr, weil er weit besser das ausdrückt, was er bedeutet, als Männchen, zumal bei den massigen Nashörnern.

Angela Plöger
Hamburg / Deutschland

Solltest du das Ge-
fühl haben,
dass ich dein bin,
darfst du mich
mitnehmen!

Jos tunnet minut omaksesi niin saat ottaa minut mukaan!

Danksagung

Im Namen der ganzen Redaktion danken wir unseren Partnerorganisationen, Freund(inn)en, Mitgliedern und allen an diesem Projekt Beteiligten ganz herzlich für die spannenden Einsendungen, wertvollen Ideen, alle Unterstützung, die Zusammenarbeit und Ermutigung während dieses Prozesses.
Herzlichen Dank für Mitarbeit, Werbung, Vermittlung, ideelle Unterstützung und Buchkäufe an das Finnland-Institut in Berlin, das Goethe-Institut Finnland, die Deutsche Bibliothek Helsinki, die Deutsche Gemeinde in Finnland, alle Mitgliedsvereine von SSYL und DFG, das Schweizer Finnland-Magazin, das Deutsche Kulturzentrum Tampere, die Deutsche Botschaft Helsinki, die Botschaften der Schweiz und Österreichs in Helsinki, die Finnische Botschaft Berlin, sowie insbesondere an die Aue-Stiftung in Helsinki und an Honorarkonsul Bernd Jorkisch aus Lübeck für die großzügige finanzielle Unterstützung.
Dem Verlag Heiner Labonde danken wir für die Aufnahme des Buches in sein Programm. Nina Dannert sagen wir Dank für die Fotografien, Benjamin Schmitz fürs Korrekturlesen.
Ohne diese wertvolle Hilfe wäre dieses Projekt nicht verwirklicht worden! Vielen Dank.

Die Redaktion »Mein finnisches Lieblingswort«:
Dieter Hermann Schmitz, Luise Liefländer-Leskinen,
Mari Koskela, Paula Schuth und Siegfried Breitner

Suomi-Saksa Yhdistysten Liitto
Verband der Finnisch-Deutschen Vereine(SSYL)

DFG

Deutsch-Finnische Gesellschaft e.V.
Saksalais-Suomalainen Seura ry

Unterstützt durch Aue Stiftung